おとめ長屋

女やもめに花が咲く

鷹井 伶

角川文庫
23159

目次

主な登場人物

千春（24）　惚れっぽく一所懸命に尽くせば尽くすほどに、相手に嫌われるという損な性分。女ばかりのおとめ長屋に住むことになる。

お涼（24）　おとめ長屋の住民。料理屋で仲居をしている。

シズ（31）　おとめ長屋の住民。洗い張りと着物の仕立てを生業にしている。

加恵（35）　おとめ長屋の住民。武家の出。手習いを教えている。

マキ（48）　おとめ長屋の住民。廻り髪結いをしている。

宗助（40）　地本問屋清文堂の主人。ゆめの息子。

秀（34）　宗助の妻。

お鈴（16）　清文堂の一人娘。ゆめの孫。

益之助（32）　加恵の元義弟。

亮吉（17）　トメの甥。両親と近郷で百姓をしている。口は悪いが根はやさしい。

英順　儒学者。十九文屋の常連。

ゆめ　地本問屋清文堂のご隠居。トメの幼馴染。

トメ　おとめ長屋の大家兼十九文屋を営む。

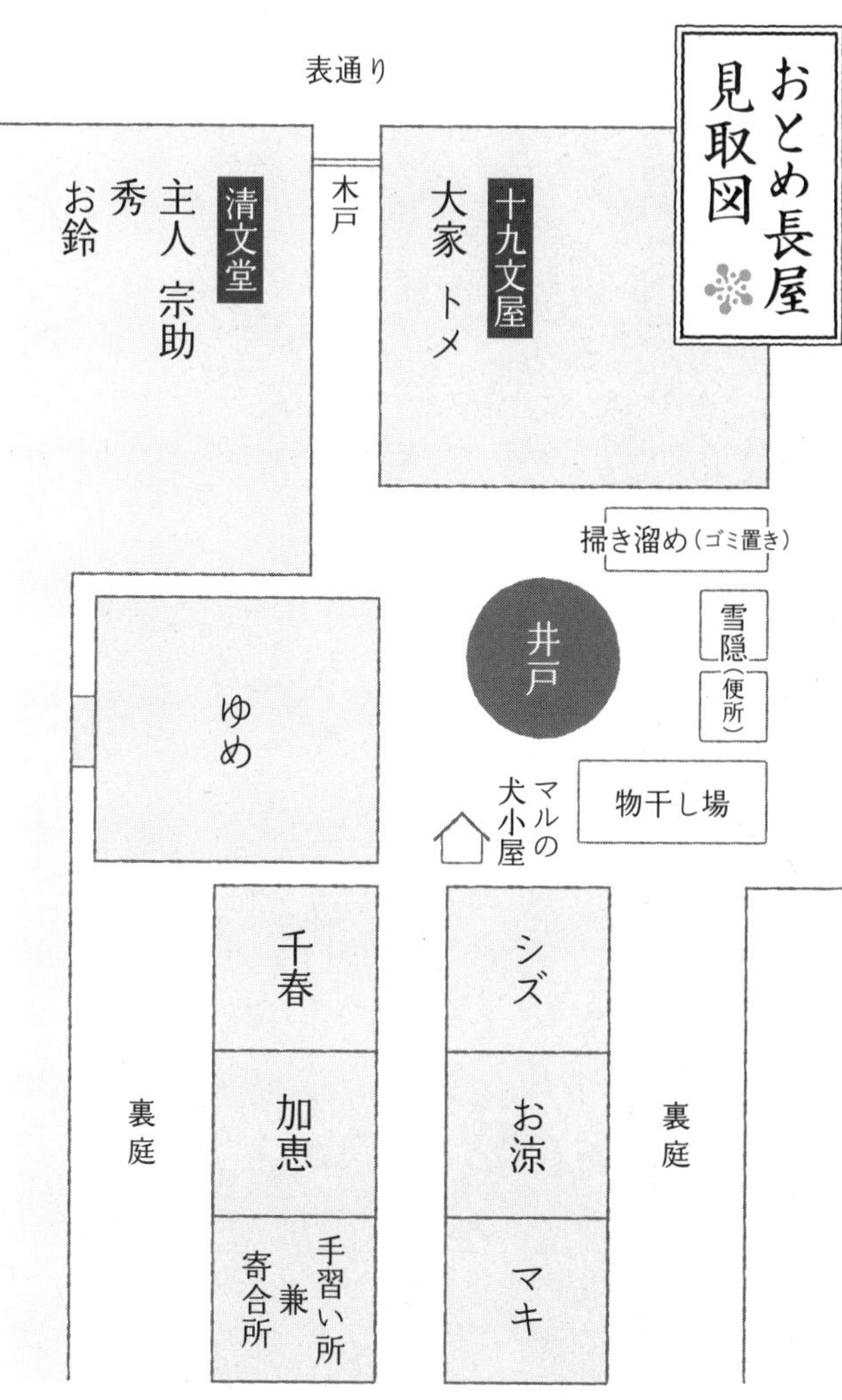

おとめ長屋見取図
表通り
木戸
清文堂
主人 宗助
秀
お鈴
十九文屋
大家 トメ
掃き溜め（ゴミ置き）
井戸
雪隠（便所）
ゆめ
マルの犬小屋
物干し場
千春
加恵
手習い所兼寄合所
シズ
お涼
マキ
裏庭
裏庭

第一話　男運のない女

一

「いい加減にしてくれ」

仙吉（せんきち）は邪険に千春（ちはる）の手を振り払った。

「もうぉ」と、千春は精いっぱいの笑顔で応（こた）えた。

いつものように親方からの仕打ちをぼやく仙吉に、「辛抱しなよ。それぐらいのことで、文句を言っちゃ罰が当たるよ」と、そっと肩に手を置いただけだ。

仙吉はぷいと横を向いたまま、千春を見ようともしない。惚（ほ）れ惚れするほど通った鼻筋、少し冷たさはあるものの目は涼やかで、眉はきりりと濃い。少し角張った顎から首筋、きゅっと上がった口角、張った胸板は職人にしておくのが勿体ないほどだ。役者になって、色悪でも演じれば、きっと多くの女が胸を焦がすことだろう。

こんないい男、そうそういるものではない……。

見惚れている千春はといえばお世辞にも美人とはいえない。自慢できるのはたっぷりとした髪と愛嬌の良さぐらいのものだ。

千春はなんとか仙吉の機嫌を取ろうと、盛鉢を差し出した。この少し大ぶりの盛鉢は、先日、陶器市で「おかみさん」と声をかけられ、嬉しくなって買ってしまったものだ。少し値は張ったが、深みのある赤土色の地肌が美しく、大きさも二人分の煮物を盛るのにちょうど良い。

甘辛く味を染ませた里芋からはふんわりと柔らかな湯気が立っていた。

「ほら、美味しそうだろ。あんたの好物の芋煮、作ったんだよ。すぐご飯にするだろ？　それとも湯屋に行ってくるかい？」

すると、仙吉は横を向いたまま、呟いた。

「なんで、おめぇはいつもそうなんだ」

「いつもって？」

「いつもだよ」

仙吉はやれやれとばかりに、ふーっと息を吐いてから、千春に目を向けた。

「おめぇは俺のおっかさんか？　え？　そうなのか？」

「おかしな人だね。何言ってんだよ。そんなわけないだろ」

笑い飛ばそうとした千春に仙吉は「だ、か、ら」と、さらに苛立たしそうな声を上げた。

「母親づらすんなって、言ってんだ！　出てけ、出てってくれ！」

「えっ……」

何がなんだかわからないままに肩を突かれ、気づいたら、目の前でぴしゃりと戸が閉まっていた。

煮物が入った盛鉢を持ったまま、千春は茫然と立ち尽くした後、とぼとぼと、半年前まで一緒に働いていたおケイの家に向かった。

「そりゃひどい。なんて仕打ちだい。出てけって何様なんだい」

話を聞いたおケイは自分のことのように、一緒になって怒ってくれた。

「あんたもなんで言い返さないんだよ」

「う、うん……。でも……転がりこんだのは私の方だし」

「だとしても、行く先のないもんを追い出すことないじゃないか！」

おケイの怒りが伝わったのか、負ぶって(お)いた赤子がふぎゃっと泣き始めた。先々月、産まれた赤子は、ようやく首が据わりかけたところだ。

「おい……」

奥にいたおケイの亭主が、泣かすなと顔を向けた。

「はいはい、ごめんよ。大丈夫だよ」

と、赤子をあやし始めたおケイの脇で、「すみません」と、千春は肩をすくめて、小声で謝った。おケイは気の良い女だが、この亭主はいつも口をへの字にしていて不機嫌そうに見える。おケイに言わせると「無口な働き者でいい人」らしいが、千春はどうも苦手だ。

「で、どうするの？」

「悪いけど、今晩ひと晩だけ泊めてくれない？」

仙吉の機嫌もひと晩経てば、直るだろう。明日(あした)になればいつもどおり、けろりと笑って迎えてくれるだろう。

「そりゃいいけど……いいよね、あんた」

おケイは振り返って、亭主に同意を求めた。「ああ」と亭主はにこりともせず、小さく頷いた。

「恩に着ます」

千春はわざとおどけたように明るく手を合わせた。

千春とおケイが働いていた小間物問屋は先月、金繰りが悪くなり、店を畳んでしまった。畳むにあたって、わずかばかりの給金が出たが、住み込みで働いていた千春はたちまち住む場所にも困ることになった。そのとき仙吉が「じゃ、俺のところに来るかい？」と言ってくれたのだった。

仙吉は小間物問屋に出入りしている錺職人だった。彼が作った簪は少し雑なものもあり、さほど腕が良いとは言えなかったが、とにかくハッと目を惹く美形で、千春は初めて会ったときから、こんな人が私のイイ人だったらと思い焦がれた。だから念願かなってイイ仲になったときは夢見心地だった。けれど、その後、つかず離れずの状態が続き、女の影があったのも一度や二度ではない。でも、いつかは夫婦になれるとそう千春は信じていた。だから、おいでと言ってくれたのが嬉しくて、喜びいさんで、転がり込んだ。それなのに……。

少しだが蓄えもある。住む所さえあれば急いで勤め先を探す必要もない。いや、これからは仙吉がそばにいてくれる。じきに大家への挨拶に連れて行ってくれるだろう。そうしたら盃ごとをして、千春は女房よろしく、仙吉の身の回りの世話を一所懸命する。そのうち赤ん坊が授かれば、おケイのようによいおっかさんになって……なんてことを考えていた矢先のことだったのだ。

その晩、千春はおケイが貸してくれた布団にくるまり、夫婦の横で遠慮しつつ、夜を明かした。真夜中、おケイの亭主は歯ぎしりをしていた。何か気に入らないことでもあるのだろうか。ギリギリと、歯はおろか、顎の骨も砕けてしまうのではないかと、心配するほどの激しさだ。歯ぎしりが少し収まったと思ったら、今度は赤子がむずかりだした。その度おケイは起き上がり、むつきを替えたり乳を含ませたりと、世話を焼く。その気配を感じながら、千春は昔、江戸に出る前の田舎での暮らしを思い出していた。

山に囲まれた小さな村の中で、両親は毎日毎日泥だらけになって田畑を耕し、幼い弟妹たちの世話をみるのは長女である千春の仕事だった。まだ十歳になるやならずの子供が子供の世話をする——それが当たり前だったのだ。

時折やってくる行商人から江戸の話を聞くのが、千春にとって一番の楽しみだった。

「お江戸じゃあな、そりゃもうぉ、人がいっぱいいるんだ。毎日あちこちで市が立って、祭りのときみてぇに賑やかでな、活気にあふれている。なんてったって、公方さまのお膝元だ。お侍さまも、お大名の行列もいつだって目にする。綺麗に着飾った娘さんもそこかしこにいる。団子屋や蕎麦屋も至るところにあるんだ。常打ちの芝居小屋もあるし、ああそうだ。飴売りも歩いてるぞ。それになんてったって、日本橋から見える富士のお山はそりゃもうぉ、見事なもんだ」

行商人の話は小気味よく、千春は華やかな江戸の町を歩く自分の姿を夢想していた。だから、十二歳になった正月、小間物問屋への奉公が決まったとき、千春は涙ひとつこぼさなかった。それどころか飛び上がりたいほどの思いだった。親兄弟と離れる寂しさより、憧れのお江戸で暮らせることが嬉しくてならなかったからだ。

江戸の町は想像以上に千春の心を躍らせた。何もかもが珍しくとにかく賑やかだった。千春が働き始めたころの小間物問屋は先代が商売に力を入れていたこともあって、活気に溢れ、田舎を思い出す暇もないくらいに忙しかった。子守に水仕事、やがては店番と、千春は身を粉にして働いた。年に二度、藪入りにしか休みがもらえなくても、構わなかった。朋輩とのおしゃべりも、たまのお使いで歩く町も、時折町でみかける威勢の良い江戸弁での喧嘩見物も、何もかもが楽しかった。いっぱしの江戸っ子を気取って、喧嘩を囃し立てたことだってあった。

千春はお世辞にも美人ではないし、声だって低いかすれ声だ。手先もあまり器用な方ではない。だが、愛嬌と元気のよさだけはよく褒められた。それに段取りが良かったから小間物問屋では重宝されていたと思う。だからこそ、十年以上お世話になり、仕送りを続けることもできたのだ。

年季奉公が終わり、さらに二年間の御礼奉公も済ませて、ようやく給金をまともにもらえるようになったころ、両親は相次いで世を去った。弟妹たちも奉公に出たり嫁いだりしていて、実家はもう長兄夫婦のもので、千春の帰る場所ではない。

翌朝、千春は泊めてもらったお礼に、朝餉の支度をこなしてから、早々におケイの家を後にした。おケイは、一緒に仙吉のところに行こうかと言ってくれたが、これ以上の迷惑はかけられなかった。

とりあえず、仙吉の長屋に戻ったが、井戸端でおしゃべりをしていた両隣の女房に呼び止められた。

「仙さんなら留守だよ。当分帰ってこないみたいだよ」

「あんたの忘れ物、うちで預かってるんだ」

女房たちは気の毒さ半分、面白さ半分といった顔で、千春を見た。

「忘れ物？」

「はい、これだよ」

と、隣の女房から渡されたのは、一抱えほどの風呂敷包みだった。広げなくても中はわかった。仙吉の家に転がり込んだときに持ってきた柳行李だ。

「悪い夢を見たと思えばいいさ、ね」

「そうそう、あれは本当に甲斐のない男だよ。これでよかったと思わなきゃ」

「えっ……」

一瞬の間の後、千春はなぜか、「へへっ」と笑みをこぼしていた。何がなんだか、頭がついていかない。

そのとき、「何の騒ぎだい？」と、やって来たのが大家の作兵衛であった。女房たちは作兵衛に会釈するとそそくさとそれぞれの家に戻ってしまった。取り残された千春が立ち尽くしていると、作兵衛は「大丈夫かい？」と声をかけてきた。

「何か困ってるんじゃないのかね。話を聞こうか」

助け船が現れた思いで、千春は作兵衛についていった。

「そうかい。なかなか挨拶に来ないからどうする気かと思っていたが、案の定だったね。あんたは良い世話女房になりそうなのに、仙吉は見る目がないねぇ」

「……はぁ」

「それにしても薄情な男だよ。ま、ちょいと見てくれのよい男にはああいうのが多いもんだが。まぁ、男あまりの世の中さ、すぐに次の相手がみつかるさね。それとももう、他に相手がいたりして」

お構いなしに喋り続ける大家を前にして、千春はようやく事態が摑めてきた。

そうか、仙吉から追い出されたのだ。隣に荷物を預けたところをみると、もう顔を合わすのも嫌だということなのだ。

「なぁ、どうなんだい？」

「どうって……」

「だから、もう相手がいるのかい」

「相手？　他に相手なんて、そんな……」

千春はぶるぶると頭を振った。

「そうかい。じゃ、これからどうするね？　行く宛ては？」

「あ、いえ。それが……」

千春は答えに詰まった。宛てと言われても、またおケイを頼るわけにもいかない。

「宛てはないのかい？　そりゃ困ったね」

「はい。困りました。あのぉ、今からどこか小さな部屋を借りるってわけにはいきませんか」

作兵衛はこの辺りでは顔の広い大家だと聞いている。他にも預かっている長屋があるはずだと、千春は頼み込んだ。

「そりゃ、ないこともないが……」

と、作兵衛は値踏みをするように千春の顔を覗き込んだ。

「それより、あんた、名はえーっと」

「千春です」

「そうそう、千春さんだ。うん、いい名だ。なぁ、千春さんや、宛てがないなら、お前さん、私のこれになる気はないかね」

作兵衛はそう言うと、小指を立て、にやりと笑った。

「はい？」

「不自由はさせないよ。そうさね、この先の吉川町にちょうど良い空き家があるから、そこに住めばいい。もちろん店賃は要らないよ。それに月にいくらかお小遣いをやろう」

そう言いながら、作兵衛は千春の方へとにじり寄って来た。皺だらけの老人だと思っていたが、枯れてはいなかったようだ。

「ちょ、ちょっと何の話だか」

「だから、お前のこれからの話さ。もう二十も半ばだろう。相手がいないなら面倒をみてやろうと言ってるんだ。構わないだろう？　ね」

ずうずうしく作兵衛は千春の手を握ろうとした。

「構わない？　そんなはずないじゃないですか！」

千春は作兵衛の手を撥ねのけると、荷物をひっつかみその場を飛び出した。何が悲しくて、あんな爺さんの妾にならなきゃならないんだと、腹が立ってしようがなかった。

その足で、千春は日本橋にある口入屋に飛び込んだ。どこでもいいから、住み込みの勤め先を世話してほしい。そう頼み込んだのだ。

「どこでも？　そうだね……あ、ここはどうだろう。ちょうど女手が欲しいって、少々給金は安いけど、それでもよけりゃ」

「はい、いいです、それで。どうかお願いします！」

口入屋が紹介してくれたのは、深川にある木材問屋であった。出てきた番頭は馬面の少々不愛想な男であまり好みではなかったが、贅沢は言えない。雇おうと即決してくれただけでもありがたいと思わなければいけなかった。

女手が足りないと言っていたとおり、他には少し腰の曲がった年老いた賄い女が一人いるだけであった。水汲み一つも大変そうで、千春は荷物を置くやいなや、台所を手伝い始めた。

「ああ、すまないねぇ、すまないねぇ」

年老いた賄い女は何度も「すまない」を繰り返してから、「あんたは辞めないよね」と言った。

「ええ、そのつもりですけど」

「そうかい。そうかい。よかった。辞めないでおくれよね」

何度も念を押してくるのが気にかかったが、千春は「大丈夫です」と答えた。それから千春は一度も座ることなく、働き続けた。仕事は忙しいぐらいがちょうどいい。何も考えないで済むからだ。

夕餉の後片付けをすると、その日はもう寝てよいということになった。賄いの婆さんは通いらしく、女中部屋の住民は千春一人というのもありがたかった。三畳一間しかなくても、一人なら、誰に気兼ねすることもない。

くたくたになった身体で這うように布団を敷いて横たわると、昨夜、殆ど寝ていないこともあるのだろう、千春の瞼は自然と重たくなった。

仙吉の声がした。

「仲良くしよう」

そう言って、仙吉は優しく千春を抱きしめてきた。やっぱり追い出されたなんて思うことはなかった。迎えに来てくれたんだ。

「仙さん……」

仙吉が千春の唇を吸う。温かい息が耳にかかり、首すじを舌が這った。妙に粘っこく生々しい。

「あ……」

声を上げた瞬間、千春は重たいものが自分の上にのしかかっているのに気付いた。しかもその足は千春の股を割って、ぐいぐいと押し入ろうとしている。

「う、うわ、わぁぁぁ！」

思いっきり、手を突きだし、足で蹴り上げると、相手は後ろの壁にどんと頭をぶつけて、「イテ！」と声を上げた。

「だ、誰？」

「痛いじゃないか」

頭をかきかき、平然と千春に文句を言ったのは、番頭であった。

「なんで……」

「なんでって、仲良くしようじゃないか」

番頭はなおも執拗に迫ってくる。どうでも手籠めにする気なのだ。

「いやだ、やめて、やめて、やめろぉ！」

千春は猛然と腕を振り回し、番頭に抵抗した。それでも迫ってくる番頭に向かって、箱枕を思いっきり投げつけた。上手い具合に額にぶつかり、相手がひるんだ隙に、千春は逃げ出した。

「何すんだ。このアマ！　待ちやがれ！」

後ろで番頭が怒り狂う声が聞こえたが、待ってなどいられるものではなかった。

それから、夜明けの町をどう歩いたのか。どれほどの時が経っただろうか。

気づいたら、千春は大川にかかる橋の上にいた。忙しなく行き過ぎる人たちの流れに逆らうように、千春はひとり、ぽつんと空を見上げているうちに涙が込み上げてきた。

「なんでだよ、なんでこんな目に遭わなきゃいけないいんだよ」

呟けば呟くほどに、情けなくてたまらない。このまま川に飛び込んで体中を洗い流したい。大家の作兵衛もあの番頭も人の弱みに付け込んでなんて奴らだ。

「色呆け野郎！」

口に出しても情けなさはおさまらない。ああ、むしゃくしゃする。それもこれも仙吉が出てけなんて言うからだ。

「なんでだよ、何がいけなかったのさ。ただ、世話を焼いただけじゃないか。料理作って、背中痒いって言えば、背中掻いてやって。足が痛いっていやぁ、揉んでやって……なんで、なんでそれが母親面ってことになるのさ」

千春はたまらず、鼻水をすすり上げた。もう顔は涙でぐちゃぐちゃだ。

「ああ、ヤダヤダ！　もう男なんているもんか！　大嫌いだぁ！」

途端に、後ろで「キャハハ」と、派手な笑い声が上がった。

むっとして振り返ると、笑っているのは同じような年頃の女だった。紺地に白い壺たれ模様の着物を、襟を抜いて粋に着こなしているのを見ると、まるっきりの素人というわけでもなさそうだ。

「馬鹿だねぇ、あんた」

女は慣れた手つきで、千春の顔を手拭で拭き始めた。

「何すんだよ、やめとくれ」

千春は女の手を払った。

「ほらね、そうだろ」

女はあっさりと手を引っ込めて、そう言った。

「えっ？」

「お節介されると嫌だろ。放っておいて欲しいときもある」

「えっ……」

戸惑っている千春を覗き込むように、女は「だろ？」と、微笑んだ。羨ましいほどに肌のきめが細かくて、黒々とした睫毛が縁取った大きな目をしている。鼻筋もすっと通っていて、真正面から目を合わすと女の千春でさえ、ちょっとドキドキしてしまうほどの美人だ。

「ね、お腹空いてないかい？　良かったら、付き合っとくれよ。いいだろ、ね」

女はそう言うと、強引に千春の手を引いて歩き始めた。

二

「ねぇ、食べるか泣くか話すか、一つにしなよ」

そう言って、ケラケラと笑い声をあげている女はお涼と名乗った。

半刻後、千春はお涼に誘われるがまま蕎麦屋に入っていた。

食欲はなかったが、蕎麦が運ばれてきたとたん、くぅっと腹が鳴った。それで千春は朝餉を食べていなかったことに気づく始末だった。それからは夢中になって蕎麦をすすり、問われるがまま橋の上で叫んだ理由を話していた。そして話しながら、また鼻水をすすった。

「そりゃ叫びたくもなるわね」

と、お涼は同情半分、面白がり半分で応じてくれていたが、ふっと周りに目をやると、「ちょいと」と険のある声を張り上げた。

「見せもんじゃないんだ」

美人にきつい言葉を浴びせられて、面白そうにこちらを観ていた男たちが一斉に首をすくめた。千春は気づいていなかったが、どうやらさっきから男たちの視線を集めていたようだ。

考えてみれば、これまで千春は、ひとりはおろか女同士でも蕎麦屋に入ったことがない。女の客が珍しいのはもちろんのこと、片方は目を惹く美人、そしてもう片方が泣きながら蕎麦を食べているのだから、何があったのか聞き耳を立てたくなるのは、仕方ないことなのかもしれなかった。

箸を置いて身を小さくした千春に比べ、お涼はこういうことには慣れているのか、男の視線を真っ向からとらえ、もう一度、ぎゅっと睨み返してから、千春に視線を戻した。

「ん？　何？　どうかした？」

「う、ううん……なんか、凄いね」

と、千春は答えた。

「何が？」

「だって……お涼さん、恰好いい」

「ああ、良く言われる。それに美人だって」

悪びれもせず、お涼は明るい笑顔をみせた。

「千春ちゃんも、可愛いじゃない」

「そぉ？」

「うん。それに面白い」

「あ、ありがとう」

「素直なんだねぇ。そういうとこも可愛い」

と、お涼はハハハとまた大きな笑い声をあげてから、ふっと真顔になった。

「でさ、千春ちゃん、荷物やなんやは置いてきちゃったってこと？」

まるで子供のころから知った仲のように、お涼は千春をちゃんづけで呼んだ。

「えっ、ええ」

「わかった。じゃ、そろそろ行こうか」

「えっ。行くって？」

「荷物だよ、取りに行かなきゃ、でしょ？」

そう言うと、お涼はさっさと勘定を済ませて、外へ出た。千春も慌てて後に続いた。ありがとうと礼を言う暇もお涼は与えなかった。

迷うこともなく急ぎ足で深川に出向くと、お涼は戸惑う千春の手を引いたまま、ぐいっと店の中に足を踏み入れた。

「ちょいとごめんなさいよ」

奥に例の番頭がいた。取引先相手に算盤を弾いていた番頭は、千春の顔を見るなり、ちょっとぎょっとした顔になった。箱枕をぶつけた額には大きな瘤が出来ているのが笑える。

「おい、お前ね」

と、番頭が千春を指さした。

「ばあさん、ひとりにしてどうする気だ。さっさと仕事を」

「ここは辞めることにしたんでね」

と、千春の代わりにお涼が答えた。

「えっ……」

「あんたがいやらしいことをするから、ここにいたくないんだってさ」

お涼はわざと「いやらしい」の部分を強調した。取引先が驚いた顔になり、番頭が慌てて「違う、違います」と手を振った。

「ちょ、ちょっと困るじゃないか、変なことを言われたら」

「困ったのはこっちでね。この人は荷物を取りに来ただけだから。またたんこぶ作られたくなかったら、入れておくれ」

「あ、う……」

呆気(あっけ)に取られている番頭をしり目に、お涼は千春に「さ、取っておいで」と急(せ)き立てた。

「う、うん……」

「お前ね」

「あんたにお前呼ばわりされる覚えはないってさ」

と、お涼は千春の後を追おうとした番頭に喰(く)ってかかった。その隙に、千春は奥の女中部屋まで走っていった。

手早く荷物をまとめて、柳行李(やなぎごうり)を持ち上げたとき、賄いの婆さんが顔をみせた。

「やっぱり辞めるのかい」

残念だが仕方ないかという顔をしている。番頭から被害に遭ったのは千春だけではなかったのだろう。

気を付けるように言ってくれればいいものをと内心思いながら、千春は、「短い間だけどお世話になりました」と頭を下げた。

「だね。一日で辞めるとは思わなかったけど……辞めた方がいいんだろうね、こんなとこ……」

婆さんはため息交じりに答えた。ぺこりともう一度頭を下げてから、千春は荷物を抱えて、部屋を後にした。

戻ってみると、お涼が番頭に「どうも」と愛想よく笑っているところだった。

「何？」と尋ねた千春に、お涼は「意外とね、イイ人だからさ、この人」と番頭を見た。イイ人と褒められた番頭は、苦虫をかみつぶしたようななんとも居心地悪い顔をしている。

どういうことだと怪訝な顔になった千春の手に、お涼は「これ」と、金を握らせた。一朱銀が四枚もある。（今の価値で一朱は約六千円。四朱で約二万四千円）

「何、これ？」

「昨日の分の給金、くれるってさ。ほら、意外とイイ人だろう」

「あ、え？　本当に？　こんなに？」

びっくりして、千春は番頭を見た。

「ああ、いいから、いいから、もう出てってくれ！　ほら、もう面倒はごめんだ」

番頭は悲鳴のような声を上げて、千春たちを急き立てた。

「はいはい。それはこっちのセリフさ。じゃあね。お邪魔さま」

と、お涼は思いっきり愛想のよい笑顔を浮かべてから、踵を返した。千春も慌てて後を追った。

「塩だ。塩持ってこい！」

後ろで番頭が怒鳴る声がしていた。

「ほんと、本当に凄い……ありがとう」

店を出てから、千春は改めてお涼に深々と頭を下げた。いったい何を言ったら、番頭からこんなに気前よく給金をせしめることができるのだろう。

「いいのさ。こんなことぐらい。なんでもないさ」

「でも……あ、そうだ。さっきの蕎麦（そば）のお代、返します。それに手伝ってもらえたからこれ」

と、千春はさっきの給金の中から、お金を渡そうとした。

「千春ちゃん、あんたって人はほんに律儀だね」

と、お涼が感心したような声を上げた。

「別に律儀ってわけじゃ……貸し借り無しって方が、私は」

「そっか、気が楽だもんね。わかったよ。じゃ、一枚もらっとく」

と、お涼は軽く微笑むと、あっさり受け取ってくれた。

「でさ、千春ちゃん、あんたこれからどうすんの？」

「どうするって……」

千春はふ〜っと大きくため息をついた。そうだ。それが問題なのだ。住む所も、せっかく見つけた働き口もなくしてしまった。

「あのさ、よかったら、来るかい？　うちの長屋」

「空きがあるんですか！」

「うん、ちょうどね。まぁ、大家さんが認めてくれたらって話だけど。大丈夫じゃないかね、あんたも女だし」

「はい？」

「うちの長屋はね、女しか住めない決まりなんだ。その名もおとめ長屋って言ってね。いいだろう？」

そう言って、お涼はにっこりと微笑んだのだった。

三

さっきから、居心地が悪くて仕方がない。

主（あるじ）のいなくなった箱火鉢の前で、千春はもぞもぞと腰を動かした。

お涼が言ったとおり、おとめ長屋は大家も女、住んでいるのも女……それは間違いない。ただ、おとめが乙女だと思ったのは千春の早合点というもので、大家さんがトメ婆さんだから、おとめ長屋だということが、すぐにわかった。

このトメさんというのがよくわからない。白髪で歳はいっているはずだが、その白髪もまぁ、見事にたっぷりと銀色に輝いているし、顔は目元にしわがあるものの、肌は艶やかでシミひとつない。姿勢もしゃっきりしていて、眼光が鋭い。

「ふ〜ん、そう。うちに住みたいのかい」

そう言って微笑む顔も声も柔らかで、ほっとしたのも束の間、「じゃ私は」とお涼がいなくなった後、「さて、どうしたい？」と、千春を覗き込んだトメの眼差しは、包み隠さず話せと言っているようで、千春はごくりと唾を飲み込んだ。

これじゃまるで蛇に睨まれた蛙だ。私は取って喰われるんじゃないだろうか。

「えっと、こうなった最初ってのが、仙さん。仙吉って男がいたんですけど……ていうか、その前に私の生まれたのは」

千春はぽつりぽつり、これまでの経緯を話し始めた。

トメは相槌を打つでもなく、ポンと煙管の灰を落とすと、新しく草を詰め込んでうまそうにふかし始めた。

「で、そのぉ、仙吉さんに今さら出てけなんて言われても住む所がなくて」

色惚け大家に迫られたこと、次に入った住み込み先でも番頭に目を付けられて這う這うの体で逃げ出したことなど話しているうちに、千春は自分がとてつもなく不幸な目に遭ってるんじゃないかという気がしてきた。

こんな不幸な女はそうそういないだろう。まっとうに生きてきたのに、何も悪いことなどしていないのに、世の中は本当に不公平だ。

だが、トメは聞いているのか聞いていないのか。一服すむとあくびをし、果ては耳垢をほじりだした。

千春は意地になって、手振り身振りを加えて、一所懸命話をつづけた。

「えっとそれからですね」

ほかにも何かひどい目に遭ったときのことを話さなきゃと、考えを巡らせたときだった。

「はいはい」

と、トメはもういいと手を振った。

「お前さんに男運がないってことはよぉ〜くわかった。でさぁ、その不幸自慢はいいから、これから何をしたいのかってことを教えてくれるかい？」

「へっ？」

「なに？　変な顔をして。これからしたいことだよ。何かあるだろう」

「したいこと……」

真顔で何がしたいのかと問われて、千春は一瞬、頭が真っ白になった。

これまで二十四年生きてきて、したいことって訊かれたことがあっただろうか。

そりゃ、何が食べたいとか、どこか行きたいとこはって訊かれたことはあったけれど、何がしたい……。いったい私は何がしたいんだ？

子供のころから江戸で暮らしたかった。それはしたいことだったと言えるかもしれない。仕事は言われるがままこなした。お金を稼げるのが有難かったからだ。仕送りはするもんだと思っていた。親兄弟が少しでも喜んでくれるのは嬉しかったし……。そうだ。人が喜んでくれると嬉しい。だから、仙吉の世話も焼いた。一緒にいたかったし、好きな人にはそうするもんだと思っていたからだ。でも、それって本当にしたいことだったんだろうか……。

答えに詰まっていると、表から「すみませ〜ん」とトメを呼ぶ声がした。

大家のトメはおとめ長屋の管理のほかに表通りに面して小さな十九文屋も営んでおり、客が呼んでいるのだ。

「はぁ〜い」と、ゆったりとした口調で答えて、トメは席を外した。

それで、千春は主のいなくなった箱火鉢の前でもぞもぞと居心地の悪い思いをしていたのであった。

何がしたいのか――この問いに対して、さて、どう答えるべきか。

ここで上手(うま)く答えないと、住む場所を確保できそうにない。河原かそれとも神社の軒下に潜り込んで寝る羽目になると、千春は焦った。

トメさんが気に入る答えって何なんだろう。だが、何も思いつかない。

はぁっと大きく吐息をもらしたのと、トメが戻って来たのが同時になった。

どれどれ答えは決まったかいというように、トメが千春を窺(うかが)い見た。

「あの……そのぉ、ですね。えっとぉ……」

困った千春の脳裏にお涼の顔が浮かんだ。

「あ、そうだ。とにかくお涼さんみたいに」

「お涼？」

「は、はい。そうです。お涼さんみたいに男なんかに頼らないで、生きていけるようになりたいです」

千春は一息に言い切ると、どうだとばかりにトメを見た。が、トメは「はぁあ」と大きくため息をついた。

え？　ダメ？　その答えじゃダメなのか？

戸惑う千春に向かって、トメはやれやれと顔をしかめてみせた。どうやら、トメの満足いく答えではなかったようだ。

「えっとそのぉ……」

なんとか取り繕おうとしてもすぐに言葉は出ず、千春はがっくりと肩を落とした。

それを見てから、トメは立ち上がり、すっと奥へと去ってしまった。

もう用はないと言わんばかりだ。

あ～あ、今晩、どこに泊まればいいんだろう……。

千春は一つため息をついてから、ゆるゆると立ち上がった。

「ちょいとすみませ～ん」

また、店の方から声がした。

「誰かぁ。誰もいないのかい？」

声がしてもトメは戻ってこない。

「大家さん、お客さんですよ」

千春も奥へと声をかけたが、返事がない。

「ねぇ、すみませんて」

客は痺れを切らした声をしている。

「あ、はい！　今参じます」

と、千春は返事をすると、荷物を置いて店へと出た。

「すみません、お待たせを」

トメの店、十九文屋とは、なんでも十九文（約五百円）で売る安売り店のことである。こういう店はだいたいがごちゃごちゃと品物が並んでいるものだが、トメの店も御多分にもれず、針や糸、化粧道具にちょっとした子供の玩具や金物などが所狭しと並んでいる。

「洗い粉が欲しいんだけどね。それとこれと同じ糸を二つ欲しいんだけど」

店にいた客は中年の女だった。

「あ、はい。えっと……」

と、千春は、店の中をざっと見回し、洗い粉と糸を見つけ出した。

「これでよろしいですか。糸はこの太さしかないようですが。間に合いましょうか」

「うん。いいよ、これで」

「では、都合五十七文で。……はい、ありがとうございました。またどうぞ」

「おばちゃん、あれちょうだい」

一息つく間もなく、今度はお使いだろうか、七歳ほどの子が二十文を差し出した。

「あれって？」

と、千春が問うと、その子の視線は、奥の柱に立てかけられた傘に向けられた。

「お使いかい？　えらいね、うん。ちょっと待ってね」

千春は手早く傘を開いて破れがないのを確かめてから、おつりと一緒に渡した。

「はい。ありがとう。気を付けて帰るんだよ」

「うん！」

元気よく、子供は返事をすると踵を返した。千春は二人の客からも貰ったお代を帳場に置いた。

「ああ、お代はそっちの手文庫に入れておくれ」

と、声がした。顔を上げるといつの間に出てきていたのか、トメが千春を見て微笑んでいる。

「歳のせいか、どうも近くなっていけなくてね。助かったよ」

と、言い訳のように呟いた。さきほど奥へ消えたのは、小用だったようだ。

「あ、いえ。いいんです」

「お前さん、小間物問屋に勤めていたんだったねぇ。うん、ちょうどいい。その調子で頑張っておくれでないか」

「えっ……」

「心配しなくても給金はちゃんと出すから。そうだねぇ、日に三百文でどうだろう？　うちの店賃(たなちん)は月六百文（約一万五千円）だから十分、払える。それから、そうだねぇ、今月分は日割にしとこう」

トメの口調は語尾がゆったりとしていて、聞いていると、たゆたゆとした波に揺られているようだが、その実、段取り良く、きちんきちんと決められていく。

「えっ、あのそれって」

長屋に入ってもいいということなのか。千春は、驚いてトメを見た。

「何だい。変な顔をして。それじゃあ、気に入らないのかい？」

「いいえ、そんな」

と、千春は首を振った。

「じゃ、いいんですか。部屋を貸してもらえると思って」

「ああ。だから店番も頼むよ。仕事、ないんだろ」

「え？　店番？　ここのですか」

「やらないってなら、他に人をあたらなきゃだけどねぇ」

「いえ、やります！　やらせていただきます！」

慌てて、千春は答えると、ぴょこんと頭を下げた。

「じゃあ、決まりだ」

と、トメが目を細めた。

こうして千春はおとめ長屋の住民兼十九文屋の店番となったのであった。

第二話　嘘も方便、癖も方便

一

「十九文屋も長屋も清文堂さんの敷地内でね」

千春は長屋に入ることが決まった日、トメからそう聞かされた。

清文堂は江戸では中堅どころの地本問屋である。地本というのは、江戸で出版された本のこと。清文堂はその問屋で、洒落本や草双紙などの娯楽本や浮世絵などを作って売る版元を兼ねている。

トメはおとめ長屋の大家だが、家主ではない。長屋の持ち主はこの清文堂で、トメは長屋の管理を任されているにすぎない。

日本橋橘町の表通りに面して、清文堂とトメの住まい兼店の十九文屋があり、その間の路地につけられた木戸を抜けた奥、ちょうどトメの住まいの裏にあたるところに、井戸があり、おとめ長屋となる。

井戸端に面して、ちょうど清文堂の奥へ繋がる形で、長屋とは少し違う造りの小さな家があり、そこは、清文堂の隠居所だそうだ。

「ご隠居さま？」

「そう。ゆめさんて言ってね。私の古い馴染みなんだ」

この隠居のゆめという人と大家のトメは昔馴染みらしく、その縁でトメは十九文屋と長屋の管理を任されたということのようだ。

「だったら」

おとめ長屋の家主である清文堂のご隠居なら、ご挨拶が必要ではないかと、千春はトメに伺いを立てた。

「あぁ、挨拶はしなくていいよ。ゆめさんはあんまり人と会いたがらないお人だし。出かけてることも多いからね。あんたのことは私から知らせておくよ」

「はぁ……」

と、千春が頷いたときであった。

「ワンワン！」

犬が吠える声がして、千春はびっくりした。

井戸端は小さな空き地になっていて、共同の掃き溜め（ゴミ置き）と雪隠（便所）、そして洗濯物を干す物干し場となっている。その奥には三軒一つの割り長屋がどぶ板を挟んで二棟並ぶ。

長屋の手前、物干し場のそばに、門番よろしく茶毛の柴犬がいた。愛らしい黒々とした目をしている。吠えたが、怒っているわけではなさそうだ。別に繋がれているわけではないが、犬小屋があるところをみると、この長屋を常の居場所にしているのだろう。犬はトメが近づくと、嬉しそうに尻尾を振っている。

「マル、この人は新入りだよ。よぉく覚えておくんだよ」

犬の名はマルというらしい。トメの言うことがよくわかるのか、賢そうな顔をして千春を見つめている。くるりと巻いた尻尾が可愛い。

「犬は大丈夫かい？」

「はい」

返事をすると、千春はマルに近づき、しゃがんだ。マルはクンクンと千春の身体を嗅ぎ始めた。おとめ長屋は女だけという決まり通り、マルも雌のようだ。

「よしよし、私は千春っていうんだ。よろしくね」

マルは返事の代わりに、千春の手や顔をペロペロと舐めた。どうやら新入りとして認めてくれたらしい。

「ふふ、くすぐったいよ」

と、そのとき、「マル、誰か来たんじゃないの?」と言いながら、一番手前の家から女が顔を出した。掃除でもしていたのか、姉さん被り（かぶ）をしている。

「ちょうどよかった。シズさん、この人、千春さん。新しく入る人だから、あとよろしく頼みますよ」

「ああ、はい。そうですか」

シズと呼ばれた女は姉さん被りを取って、笑顔をみせた。

「シズと言います。よろしくね」

シズはきっちり丁寧にお辞儀をした。慌てて千春も立ち上がり、お辞儀を返した。

「千春です。こちらこそお世話になります」

シズはおそらく千春よりは年上。三十過ぎぐらいに見える。堅気らしく着物の衿（えり）をきっちり合わせ、仕事をしやすいように、たすき掛けもしている。どこにも隙がない。てきぱきとしたしっかり者という感じだ。

シズの家の前には『仕立て、洗い張りします』と書かれた札が下がっていた。

「じゃあね」

と、トメは踵を返した。もう自分の用は済んだと言わんばかりだ。

「えっ……」

すたすたと去っていくトメの後ろ姿に戸惑う千春に対して、シズがこっちこっちと手招きをした。どうやら後はこのシズが案内してくれるということらしい。

「向かいですよ、お前さんの家は」

と、言いながら、どぶ板を挟んですぐ向かいの家の戸を開けた。

広さは二間四方（間口・奥行きともに約3・6ｍ）。入ってすぐの土間が炊事場を兼ねていて、奥に六畳と長屋にしては比較的広い方で、独り暮らしには贅沢なほどだ。手入れもよくされていて、炊事場はいつでも使えそうだし、畳の傷みも少なく、風通しも良さそうだ。

「いい部屋だろ？」

裏の雨戸を開けながら、シズがまるで自分が大家のように自慢げに言った。

「前に住んでいたのがおとなしいお人でね。丁寧にお使いだったから。布団は町内に八百富という損料屋（布団や道具を貸す店）があるから後で頼めばいいよ。鍋釜なんかは十九文屋のを大家さんに頼んで安くしてもらったらいいし」

と、シズは少々早口なのが難だが、細々としたことまで丁寧に、てきぱきと教えてくれる。しかし、十九文屋というのは利が薄い商売だ。安くしてもらうのは無理だろうと思いながらも、千春は「ええ、そうですね」と頷いてみせた。

長屋には裏に縁側と猫の額ほどの小さな裏庭があった。裏庭の先は板塀で、その向こうは清文堂の奥だが、なにやら大勢の職人たちが働いている気配がした。

「あっちは本を摺る作業場があるからね。活気があっていいだろう」

「ええ」

「それから、ここに今住んでいるのは、私の他に三人いてね」

千春が荷物を置くと、シズは続いて長屋のみんなに紹介しようと言ってくれた。

シズの並びが、お涼とマキ。千春の隣が加恵。料理屋に勤めているお涼と廻り髪結いをしているというマキは留守だったが、千春の隣、加恵は家にいた。

「加恵さま、今、よろしいですか？」

シズが声をかけると、「はぁい」とのんびりとした声と共に、加恵が顔を出した。

三十半ばぐらいだろうか。武家の出らしく、髪は高く結い上げ、身なりもきちんとしている。色白の肌にきりっと引いた眉は聡明さを感じさせ、微笑んだときの目尻の皺はふわっとやさしげだ。

「こちら、お隣に入る千春さんです。千春さん、加恵さまはね、手習いの先生なのよ」

加恵の家の隣、つまり千春の家から見れば二軒先は空き家で、そこが手習い所として使われているのだとシズは説明した。

「あそこでね、時折、みんなで寄合をすることもあるんだ。あ、そうだ。今度日を決めて、千春さんを囲んで何かご馳走でも持ち寄ろうかね」

「わぁ、ありがとうございます」

女同士の寄合なんて初めてだ。しかも自分のことを歓迎してくれるという。千春は嬉しくなってきた。トメもお涼もそうだったが、シズもなんでもてきぱき自分で決めていく。おとめ長屋の人たちはみなそういう女なのかもしれない。

「ね、加恵さま、いいでしょう？」

と、シズは加恵を見た。

「ええ、それは楽しそうだわね。久しぶりだし、他の方もみなさん、喜ぶんじゃないかしら」

加恵はおっとりと応じた。なぜか今にもあくびが出そうな眠そうな目をしている。

「また、遅くまで書き物をされてたんじゃないですか」

と、シズが言うと、「そうなの。お恥ずかしいわ」と微笑んだ。

加恵の部屋には本や紙がいくつも積んであり、文机（ふづくえ）も備えてあるのが見えた。

「加恵さまはね、清文堂さんのお仕事もしてるんだよ。達筆だからね。版木の元にするんだよ」

「へぇえ。ご本をお書きに？」

と千春は感心した。

「いいえ、私はただ、字を書いているだけですよ。ご本はお好き？」

と、加恵が千春に尋ねた。

「……はい。でもあんまり読んだことはないんですけど」

これまで、読む暇がなかったというのが正しいところかもしれない。

「そう。私ので良かったら、いつでもお貸ししますからね」

と、加恵は優しく微笑んだ。

「へぇ、そうですか。そりゃあもう。はい」

そのとき、表の木戸の辺りから、賑（にぎ）やかな声がした。

「あ、おマキさんだわ」

と、加恵が呟（つぶや）くように言った。少しため息まじりなのが千春は気になった。

どうかしたのかと尋ねようとすると、先にシズが「また何か？」と問いかけた。

「あ、いえ、たいしたことではないし……いいのよ、もう」

「そんな、駄目ですよ」

と、シズが憤慨した声で応じた。

「ただいまぁ。なんだい。集まって」

と、髪結い道具が入った長箱（髪盥）を提げ、柘植の髪結い櫛を簪代わりに挿した女がせかせかとした足取りで入って来た。歳の頃は五十手前か。おとめ長屋の住民の中では一番の年長のようだ。マルも慣れているようで、吠えはしない。

「おマキさん、今日はお早いことで」

と、シズが声をかけた。

「おかえりなさい」と、加恵も挨拶をする。

千春が名乗ろうとすると、マキの方が先に話しかけてきた。

「あんたが千春さんかい。大家さんから聞いたよ。十九文屋の店番に雇われたんだって？」

客商売を長くしているせいだろうか、マキは人懐っこい笑顔を浮かべている。

「はい。よろしくお願いします」

と、千春はきちんと頭を下げて挨拶をした。

「ああ、やっぱり若い人はいいねぇ、たっぷりとしたよい御髪(おぐし)だこと」

そう言いながら、マキはすっと千春の鬢(びん)を触った。

「髪を結うなら、いつでも言っておくれよ。じゃあね」

「あ、はい」

普通なら、千春のような女が結髪を頼むなんて贅沢はしない。自分で適当に髪をまとめるのだが、次の正月にはちゃんと結ってもらおうかなと千春は思った。

「あのぉ、おマキさん」

家に引っ込もうとしたマキをシズが少し怖い顔で呼び止めた。

「加恵さまに何か返すものを忘れてませんか？」

「えっ？　私？」

すっとぼけた顔のマキに対して、加恵の方が気の毒なぐらいおどおどとしている。

「えっと、あのね、一昨日(おととい)お貸ししたお塩壺(しおつぼ)……」

「あぁ、あれ、ごめんなさい。ヤダ、忘れてた。ちょいと待っててくださいよ」

ペロッと小さく舌を出して、マキは自分の家に引っ込んだ。それから、すぐに小さな塩壺を持って出てきた。

「これでしょ。ごめんなさいね。借りたまんまで」

「いえ、別に急がなかったから……ごめんなさいね」

塩壺は毎日使うものだろうに、加恵は遠慮がちにそう言って、大事そうに塩壺を受け取った。

「そうですよ、早く言ってくれればいいのに」

マキの方は悪びれもなく笑った。貸した方が謝って、借りた方が偉そうにしている。これではどっちが悪いかわからない。

「じゃあ、確かに返しましたよ」

これでいいんでしょと言わんばかりに、シズを見てから、マキは自分の家へ引っ込んだ。

やれやれとシズは肩をすくめた。こういうことはよくあることのようだ。

「仕方ないわ。でも、悪いお人ではないのよ」

と、加恵がとりなすように、千春に言った。

「もぅお、加恵さまは優しすぎるんですよ」

と、シズは言ってから、千春にも気を付けるようにと念を押した。

「おマキさんに物は貸さないようにね。いつだってあの調子だから、わかった？特にお金はね」

「あ、はい……」

金の貸し借りは親しくなりたい人であればあるほどしないに限る。しかし、どこに行っても癖のある人はいるものだと、千春は素直に頷いた。

「えっと、あとはお涼さんだけど、あの人は帰ってくるのがまちまちでね」

と、シズが困ったような顔をした。

「今日は料理屋さんで遅番だそうです」

と、千春は答えた。

「あれ、なんだい。もう知ってるのかい」

「はい。お涼さんが、ここを教えてくれたんです」

千春は手短に、お涼からおとめ長屋を紹介されたいきさつを話した。

「ふ〜ん。ま、あの子でも人助けをするんだね」

と、シズは少し怪訝な顔で呟いた。

「え？」

「ううん、何でもない。あ、言うのを忘れてたけど、ここの決まりはもう知ってるよね」

「えっと、あ、はい。五つの心得のことですか？」

トメからはおとめ長屋に住まうにあたって、次の五つのことを守るようにと言われていた。

一、男を泊めないこと。
二、朝はきちんと起きてご飯を食べること。
三、掃除と洗濯を欠かさないこと。
四、店賃（たなちん）は必ず月末に翌月分を先払いすること。
五、揉（も）め事をおこさず、みんな仲良く過ごすこと。

千春が暗唱してみせると、シズは満足気に頷いた。

「うん、大丈夫だね」

「はい。でもこれって当たり前のことのような……」

「そりゃそうなんだけどさ」

と、シズは少し渋い顔をした。つまりは守らない人がいるということだろうか。

「じゃあ、後、何かわからないことがあったら、遠慮せずに私に訊（き）いてくれたらいいからね」

「はい、いろいろとありがとうございました」

「いいんだ。いいんだ。じゃあね。あ、加恵さまもお手数かけました」

そう言って軽く会釈をして、シズは自分の家に入っていった。

千春が見送っていると、傍らの加恵が、

「いいお人でしょ。ああやって、なんでも仕切ってくださるのよ」

と呟いた。

「あなたもいろいろ大変なことがあったんでしょうけど、ここにいれば大丈夫だから、ね。助け合ってまいりましょう」

そう言って微笑む加恵は本当に優しげで、どこか亡くなった母を思い起こさせた。

「はい。ありがとうございます。よろしくお願いします」

そう応えながら、ここでなら、やり直せそうだと千春は心が温まる思いがしたのであった。

二

千春が、おとめ長屋に入った翌日の早朝のことであった。

前の晩、ようやく安心して休むことが出来た千春は、夜も早いうちから布団に入り、ぐっすりと眠りこんでいた。

どこかで鈴が鳴る音がした。誰かが読経を始めたようだ。その声で千春は目を覚ました。まだ外は陽が昇るか昇らないかの時刻で薄暗い。もう少し寝たい気持ちもあったが、尿意を感じた千春は起き上がった。

眠い目をこすりつつ、戸を開けると、また鈴の音がした。どうやら読経は向かいのシズのようだ。

犬小屋の前を通るとき、マルに挨拶しようとしたが、姿がない。長屋の木戸は閉まったままだが、下に犬猫が通れるだけの隙間はある。どこかに遊びに行ってしまったのだろうか。

千春はまだ半分寝ぼけた調子で、「ま、いっか」と呟くと、のんびりと小用を済ませた。雪隠から出て、「うわぁ～」と大きく伸びをしたときのことであった。

井戸端には千春に背を向けた人がいた。顔でも洗おうとしているようだが、上はもろ肌脱いで裸だ。しかも着物を端折っているから両足が太ももまで露わで……。

「えっ、褌？　えっ……」

目をこすりこすり、もう一度見た瞬間、千春は「えええぇ！」と派手な声をあげてしまった。そこにいたのは、若い男だったのである。

だが、振り返った男は悪びれもせず、「やぁ、お早いね」と言うではないか。

「だ、だ、誰かぁ！」

「なに、何事！」

千春の声に応じて、一番に飛び出して来てくれたのは、シズだった。

「シ、シズさん、あれ、あの人、あの人……」

千春はシズのもとへ駆け寄り、男を指さした。男は人の好さそうな顔で、「やぁ、驚かしてしまったようで」と笑っている。

「いいから、とにかく早く、早くきちんと着物を着てくださいな」

シズはそう男に命じてから、ひときわ大きく金切り声をあげた。

「お涼さん！　お涼さん、いるんでしょ！　早く！」

だが、お涼より先に顔を見せたのはマキと加恵だった。マキが井戸端の男を見てから、お涼の家へと声をかけた。

「ねぇ、お涼ちゃん、おシズさんが、話があるってさ」

ようやく、ごそごそと音がして、お涼の家の戸口が開いた。

「もうぉ、朝っぱらから、うるさいねぇ」

お涼は大きくあくびをしつつ、顔を出した。

「なんか用かい？」

寝間着のまま、おくれ毛をかき上げ、しどけないしぐさで戸口にもたれかかったお涼は、どこかの浮世絵師が好みそうな、少し崩れた色気が漂っている。それを見て、男の頰は緩みっぱなしだ。

「なんかじゃありません！　この人、この人」

シズは怒りの声を上げた。

「えっ……ああ、おはよう」

お涼が面倒くさそうに答えると、男が「ああ」と応じた。

「おはようじゃないでしょ。なんで男がいるの！」

「泊まったからでしょ」

と、お涼があくび交じりに答えた。男は恥ずかしそうに頭をかいた。図体は立派だが、はにかんだ顔はいかにも気弱そうだ。

「あんたって人は毎度毎度」

シズが怒っているところをみると、お涼が男を泊めるのはいつものことらしい。

千春はびっくりしてお涼を見た。

「えっ、でも男は泊めちゃダメなんじゃ……」

「私はね、別に泊まっていいって言ったわけじゃないんだよ。この人が勝手についいてきちゃうんだもの」

「そんな言い方するなよぉ」

と、男が甘えたような声を出した。よほどお涼のことが好きらしい。

「離れたくないって言うから俺はさぁ」

「さぁ、そんなこと言ったっけ?」

と、お涼がすっとぼけた。

「だってよぉ。惚れたって。俺のこと、好きだって言ったのは嘘かい?」

「ああ、嘘」

お涼はあっさりと答えた。

男は目をぱちくりさせて、何も言えずにいる。

「酔うとさぁ、ついついそういうこと言いたくなるみたいなんだよねぇ。悪い癖さ」

と、まるでお涼は他人事のようだ。さらにシズが追い打ちをかけた。

「この女はね、いつもそうなんだ。そのうち尻の毛まで抜かれちまうよ」

男はぎょっとして、両手で自分の尻を押さえた。

「馬鹿だね、そんなもん、抜いたってしょうがないだろ。もう用は済んでるよ。じゃあね、またね」

と、お涼が男に手を振った。まったく悪びれたところもみせない。反対に、男はというと、情けない顔で口をぽかんと開けたままだったが、千春の気の毒そうな視線を感じ取った瞬間、我に返った。

「ば、馬鹿にするな」

言葉は威勢がよいが、可哀想に声は裏返り今にも泣きそうだ。

そのとき、表からマルが帰って来た。帰ってくるなり、マルは男に向かってけたたましく吠(ほ)えたて始めた。

「くそぉ！　頼まれたって、来るもんか！」

そう言いつつ、男はもう一度、未練がましくお涼を見てから、帰っていった。

「はぁ～あ」

大げさに首をすくめてから、お涼はさっさと踵(きびす)を返して、部屋に戻ろうとした。

「ちょいと」

と、シズが呼び止めた。

「まだ、何か」

「だから、決まりは守ってもらわなきゃ、示しがつかないだろう」

「示し？」

「ああ、示しだよ。新入りさんもいるのに」

と、シズが千春を見た。すると、お涼も千春へと目をやった。

「私がどう示しをつけたって、千春ちゃんは千春ちゃん。私は私。何がどう変わるもんか。ね、そうだろ？」

二人に挟まれて、どう答えていいかわからず、千春は曖昧に笑った。

「だからって、男を引きずりこむなんて真似、していいと思っているのかい」

と、シズがお涼を睨んだ。

「あんたのせいで、私らまでそういう女だと思われたらどうしてくれるんだ」

「そういう女って……ちょいと聞き捨てならないね、私は別に金を貰ったわけじゃない。二人してちょいと楽しんだだけだよ。ははぁん、わかった。羨ましいんだろ、おシズさん。だいぶ男ひでりが続いてそうだもんねぇ」

「あんたね」

みるみるシズの顔が怒りで赤くなり、千春はどうしたらいいか、二人の間でおろおろするばかりだ。だが、マキも加恵も「またか」とでもいうような苦笑いを浮かべて、喧嘩を止めようとしない。

「寂しいんでしょ。そうならそうと素直に言えばいいのにぃ」

お涼はシズにわざとらしく笑って見せた。

「馬鹿にするんじゃないよ、迷惑だって言ってんだ。壁一枚、声が聞こえないとでも思ってんのかい」

「へぇ〜、迷惑。それなら言わせてもらいますけどね、朝っぱらからリンリンって、鳴らしゃいいってもんじゃない。あれの方がよっぽどうるさくて迷惑だよ。み〜んな、あれで目が醒めるって文句言ってるの、知らないだろ」

お涼は立て板に水のごとく、まくしたてた。

「な、なんだって！　信心のどこが悪いってんだ！」

ついにシズがお涼に摑みかかった。間に入った千春は必死に止めた。

「ねぇ、仲良くしましょうよぉ。みんな仲良くするってのも決まりでしょ」

マルもワンワンと吠えたてた。

と、そのとき、ガラッとトメの家の裏口が開いた。

「おはようさん」

おっとりとしたトメの声がした刹那、驚くほどあっさりと、シズとお涼が離れた。

「あっ、おはようございます」

「大家さん、おはようございます」

シズもお涼も喧嘩をしていたことなど、微塵もみせない早業で身なりをささっと整えて笑顔を作ると、トメに挨拶を返す。マキも加恵もそれぞれに「おはようございます」と会釈するという具合で、呆気にとられた千春一人、出遅れてしまった。

「おはようございます」

慌てて頭を下げた千春に、トメが声をかけた。

「おはようさん、よく眠れたかい」

「はい。おかげさまで」

「うむ。よかった。今日はいいお天気になりそうだ。みんなもそう思うだろう？」

トメはじろりとシズとお涼を見やった。二人とも精いっぱいの作り笑顔を浮かべている。

「ほんと、今日もよいお天気になりそうですね」

「本当に」

「じゃあね、みんな仲良くするんだよ」

トメはそう言い置くと、家に戻っていった。

シズとお涼はそれを丁寧に見送ってから、ぷいと同時に横を向き、それぞれの家に入っていく。喧嘩をした割には、二人とも妙に息が合っていて、ピシャリと戸が閉まるのまで一緒で、千春はびっくりしてその様子を見ていた。

「ふふ、今朝はちょっと短かったね」

と、マキが言った。

「ですね」

と、加恵がおっとりと応じる。

「あの男、初顔だったけど、なかなかイイ男だった。お涼ちゃんて本当、いいのをひっかけてくるよねぇ。あ〜あ、若いっていいねぇ」

マキはつくづく感心した様子だ。

「もう、おマキさんたら」

と、加恵が笑いながら、軽くたしなめた。

「だって、そう思わないかい？　いつだって、後から厄介を起こさないような、そんな男ばっかりじゃないか」

「まぁ、それはそうですけど」

「男の方から寄ってくるのかねぇ……あ、あぁ」

と、マキが千春を見た。

「こんなの毎度のことだからね。気にしない、気にしない。でも、あんた、男を連れ込むんなら、用心しなきゃだよ。変な男で居座られても困るし、金を取られたら目も当てられないからね。お涼ちゃんを見倣って、後腐れないのにしなよ」

「そんなことは」

しませんと首を振ろうとした千春に、マキは「まぁ、あんたの場合は要らぬ小言か」と続けた。

「はぁ？」

どういう意味かと千春が問う暇も与えず、マキは踵を返し、家に入ってしまった。加恵も上品に小さくあくびをし、「じゃ、後でね」と、家に戻り戸をしめた。マルもまた、犬小屋に引っ込んでしまい、千春ひとりが取り残された。

「あ〜あ」

思わず千春の口から大きなあくびのような吐息が漏れた。

朝からのドタバタでなんだかとっても疲れた気分だ。あと半刻(はんとき)ほど寝たかったが、もう朝の光は眩(まぶ)しいばかりで、起きてしまうしかなさそうだ。

千春は大きく伸びをすると、井戸が空いている間に顔を洗ってしまおうと、井戸へと向かった。水を汲(く)みながら、ふと目の前の隠居所が気になった。

おとめ長屋の家主である清文堂の隠居、ゆめの住まいだ。裏は清文堂と繋(つな)がっているのだろうが、入り口はちょうど井戸端に面している。

これだけの騒ぎがあったのに、しんと静まり返っているのが気になったのだ。

ご隠居さんは、大家さんの幼馴染だといっていた。お年寄りというのは、目ざといものなのに、どうしたんだろう。もしかして、倒れているということはないのだろうか――。

気になりだすと、どうにも仕方がなくなってきて、千春はゆめの家の前に行くと、声をかけてみた。

「ご隠居さま、おはようございます。起きていらっしゃいますか？」

だが、中からは返事がない。

戸口の横手、桟の隙間から覗いてみても、中は暗くてよくわからない。

試しに戸に手をかけてみると、するりと開いた。

「あ、あのぉ……」

千春は中へ首を突っ込んで、様子を窺った。入ってすぐは長屋と同じく土間になっていて、台所になっている。上り口すぐは、囲炉裏のついた板張りの間だ。戸口から射しこんだ陽の光がさらに部屋の様子を浮かび上がらせた。どこも綺麗に掃除が行き届き、板張りは黒光りしている。さらに、奥の襖の向こうに寝所らしい畳の間が見えた。

「おはようございます」

千春はもう一度、奥へ声をかけてみた。よく見ると奥の座敷には布団も敷かれておらず、人の気配はない。

留守か、それとも、母家(おもや)の方に泊まっているのかもしれない。ほっとしたような、それでいて、また会えなかったことを残念に思いつつ、千春はゆめの家を後にしたのだった。

三

「ええ〜っと、筆はまだあったから、針と糸、それと……たわしが売れたんだった。注文してもらわなきゃ」

ぶつぶつと独り言をつぶやきながら、千春は在庫の確認に忙しい。大家のトメから店番を頼まれた十九文屋とは、商品をなんでも十九文で売る安売り店のことである。わずかに傷がついていて正規の値段では売れないようなものや、品質には問題がないが、在庫が多過ぎたものなどを安く仕入れて売るのだ。

店は人気で、こうしている間も、ひっきりなしに客が来る。

「ねぇねぇ、木綿糸はここにあるだけかい？」

「しゃもじはあるかね？」

「おばちゃん、飴おくれ」

　トメの店は品揃えが豊富で、ちょっとした子供の玩具や金物などもあり、小物雑貨の問屋に勤めていた千春でさえ、驚くほどだ。それにそういう雑貨だけでなく、子供相手の駄菓子やさらには野菜や漬物まであり、よりどり三個や五個で十九文など物によって値付けも異なる。どれも正規の店で買うよりは割安感があり、客は子供から大人まで多岐にわたっていた。

「あれ、トメさんはどうした？　とうとうくたばったか」

　墨と筆、半紙を買った儒学者らしい老人が茶目っ気たっぷりに訊いてきた。どうやら常連客らしい。

「そんな御冗談を。でも、これからは私が店番をしますので、どうぞ変わらずご贔屓を」

「ほうぉ、そうかね。儂は鈴木英順という。よろしくな」

「ご丁寧に恐れ入ります。千春と申します。よろしくお願いいたします」

千春は愛想よく笑顔で会釈をした。

「ほぉ、和顔施じゃな」

と、英順がにっこりと微笑み返した。

「わ、がんせ?」

「和の顔に施すと書く。つまり、人に笑顔を向けるのは一つの施しというわけじゃ。愛想笑いでなく、心からの笑いとなればなお良しだ」

笑顔を褒められたのか、それとも愛想笑いだと指摘されたのか、よくわからなかったが、千春はとりあえず、褒められたことにして、もう一度笑っておいた。

日本橋橘町といえば、もとは西本願寺の別院(現在の築地本願寺)の門前町。明暦の大火の後、別院は築地に移ってしまったが、立花を売る家が多かったために、立花町から橘町という名前になったとされる。

場所は江戸最大の盛り場である両国広小路(大川にかかる両国橋の西詰)の南西になる。

両国広小路といえば、大火のときの火避け用の広場のはずが、いつの間にやら見世物小屋が建ち並び歓楽街となった場所だ。橘町はそこから歩いてすぐ、問屋が建ち並ぶ横山町とも隣り合わせであり、かつては古鉄屋や古道具屋が多いことで知られていた。男名前で有名な粋な芸者の発祥地ともいわれ、ほんの少し南東に向かえば、大名家の下屋敷や旗本の御屋敷などがあり、なぜか儒学者や国学者といった人が好んで住むという具合で、清濁、静と動が入り混じった、ある意味とても人間らしい雑多な町だ。

お武家も通れば町人、芸人も通るので、表通りにはその人たちを見越して、様々な店が並んでいる。おとめ長屋の家主である清文堂もその中の一軒で、清文堂に立ち寄ったついでに、隣の十九文屋で小物を買って帰るという客もいるのだ。

千春はここの店番になれたことを喜んでいた。小さいとはいえ、ひとりで店番となると大変だったが、その分、気兼ねをする相手はいない。トメも自分の思うようにしてよいと言ってくれたので、なるだけ見やすいように、買いやすいようにと工夫を凝らしながら、商品を並べていると楽しくてならない。

「もうだいぶ慣れたみたいだね」

品出しに夢中になっていた千春に声をかけたのは、シズだった。

「いらっしゃい」

千春は愛想よくシズに笑いかけた。

「おかげさまで。こういう商売、合ってるみたいです」

「ああ、確か前は小間物屋に奉公してたんだっけ？」

「ええ、そうなんです」

と、商品を品出ししながら、千春は答えた。

「こういうの、見てるだけでも楽しくて」

今出しているのは紙人形である。赤や黄、緑、色とりどりの千代紙の着物を羽織った紙人形は、女の子たちに人気の遊び道具の一つだ。

「あら、本当可愛いこと」

と、シズも紙人形に目をやってから、小さく吐息を漏らした。

「……お疲れですか？」

「えっ、ううん。どうして？」

「だって、いつも細かいお仕事大変だろうなぁって。私はどうも不器用で針目なんて揃ったためしがないんですもん」

シズは仕立物や洗い張りを生業(なりわい)にしている。

「慣れよ、そんなの」

と、シズは首を振った。

「お仕事だけじゃないです。いつもシズさんしっかりされてるし」

「そうかな」

と応えるシズは、やはり、どこか元気がなさそうだ。

「ええ、加恵さまもおっしゃってましたよ。いつも仕切ってくれて助かるって」

「……そうぉ」

シズがほんの少し笑顔になって、千春は嬉しくなった。

「何か、お探しだったんじゃ？」

「ええ、ああ……今日、大家さんは？」

「寄合があるとかでお出かけです。言づけがあるなら伺いますよ」

「ううん。そうじゃないけど……あ、あの」

シズが何か言いたそうなそぶりをみせた。

「はい？」

千春が顔を覗き込むと、シズはううんと目を逸らした。

「あ、そうだ。木綿針が欲しいんだけど」

「さっき売れてしまって」

「そうぉ。でも確か、大家さん、いつもその棚の引き出しに余りを置いてたけど」

と、シズは帳場の奥の棚を指さした。

「そうなんですか。ちょっと待ってください」

と、千春はシズに背を向け、棚の引き出しを調べ始めた。

「……あ、ありました！　こんなところに」

「そうかい。じゃあ、これお代ね」

シズは針を受け取ると、そそくさと帰っていった。

「ありがとうございました」

千春はシズを見送ってから、品出し作業に戻った。

出しかけていた千代紙人形を並べようとして、ふと手が止まった。

「あれ……」

千春は首を傾げた。たしか、色ごとに三体ずつあったはずだが、黄色地の人形だけが二体しかない。どこかの品物の間にでもはまりこんだのか？　目を凝らして見回しても見つからない。

「落ちたかな」

ひとりごちると、千春は這（は）いつくばって、品物を出している台の下を覗き込んだ。何かあると手を伸ばしたが、出てきたのは使い古しの布切れだけだった。

「ちょいと、何をしてるんだよ。表に向かって大きなお尻（しり）を向けて」

突然、頭の上から声がした。千春は慌てて起きあがろうとして、台で頭をしたたか打った。

「痛っ！」

「あれあれ」と、笑っているのはトメであった。

「おかえりなさいまし」

千春は少し恥ずかしそうに頭を掻いた。

「ただいま。変わったことはなかったかい？」

「はい。特には……あ、さっき、シズさんがいらして、大家さんを捜してらしたような。伝言はなかったですけど」

「あぁ、そう。で、お前さんは何をしてたんだい？」

「えっ？」

「蛙かバッタみたいに這いつくばってさ」

「ああ、これです。これ」

と、千春は千代紙人形を指さした。

「三体ずつの仕入れだと思ったんですけど。この黄色のが二体しかなくて。どこかに紛れ込んだか、落としたのかと思って、捜していたんです」

「ふ〜ん、そうぉ。まぁ、ないなら、初めから二体だったのかもしれないね。もういいよ」

トメはあまりにもあっさりと「もういい」と口にした。

「えっ、でも……」

そのとき、表に親子連れの客が入って来た。

「いいんだって。ほら、お客さんだ。頼んだよ」

トメはそう言い置くと、さっさと奥へと去っていった。

千春は首を傾げつつ、「いいならいいけど」と呟き、客の相手をしたのだった。


それから数日して、千春はまたおかしなことに気づいた。

手拭の残りと売れた分との数が合わない。通常手拭は一反単位で売られることが多い。好きな長さに切って使うからだが、トメの十九文屋では一反を四分の一に裁断して売ることにしていた。一反で普通使う長さの手拭ならだいたい十本取れるから、四分の一なら二本半分だ。

問題の手拭は、勝虫といわれる縁起の良いトンボが藍で染められているものだが、染にムラがあるということで安く仕入れられたものだった。全部で五反、つまり裁断後の商品としては二十枚あったはずなのだが、売れた分が十二に対して、残っているのは七枚しかないのだ。裁断したのは千春だから、数に間違いはない。

それに湯飲みが一つ無くなっていた。こちらは灰白色の地に赤い花が描かれたもので、手に馴染む形といい、千春の好みで、後で買おうと思っていたほどだったから、こちらも間違いはない。

どちらも売った覚えがないのが不思議だった。売れたものを記した帳簿を何度もめくってみたが、書かれていない。トメはその辺り大雑把だったが、千春は以前勤めていた問屋で鍛えられたおかげで、帳簿付けだけはきっちりとしていると自負していた。客が途切れたときには必ず記帳している。抜けはないはずだ。それに利の薄い商売だから、万引きには気を付けているつもりである。

「おかしいなぁ」

帳簿を眺めながら、千春は記憶を辿り、ここ数日の客のことを思い起こしてみた。

冷やかしもいるにはいるが、たいていは必要があって買いに来る人だ。親子連れに、四十がらみの男の客、武家の下働きっぽい女、子守をしている少女、お使いを頼まれた男の子等々……。

よく顔を見せるのは、最初の日、トメはくたばったかと訊いてきた儒学者の英順先生、近所に住んでいると話した人の好さそうな小太りの女、おとめ長屋のマキや加恵も便利だとみえてちょっとしたものを買いに来る。とくによく来るのがシズだ。当然、特に変な素振りを見せる客はいない。だいたい疑うのが失礼だ。

「ふ〜」と長い吐息をついた千春は、外が急にうす暗くなったのに気付いた。慌てたように人が走っていく。遠くで雷が鳴っている。

そこへ、トメが帰って来た。

「ひと雨来そうだよ。あんた、洗濯物は大丈夫かい？」

「あ！　取り入れてきます！」

「私のも頼むよ」

「はい！」

千春はすぐさま長屋へ戻った。こういうとき住まいが近いのは便利だ。

長屋にある共同の物干し場には先客がいた。シズである。

シズは仕立てと洗い張りを生業にしている。洗い張りとは着物をほどいて、反物状の生地にもどしてから洗うことだ。洗った後は、縮みやゆがみを取るために板や伸子棒で伸ばしながら干す。伸子棒は細い竹ひごの両先に針をつけたもので、それを反物の両端に張り渡すのだが、間隔が細かいほど布目が揃ってよいとされるので、取り外すのは大変だ。

稲光と雷鳴との間隔が狭まり、さっきよりも黒い雲が迫ってきていた。

「手伝いましょうか？」

と、千春はシズに声をかけた。

「こっちは大丈夫。だいぶ近いね」

「ええ」

そう答えた千春はハッとした。シズが姉さん被(かぶ)りに使っている手拭に見覚えがある。あのトンボ柄なのだ。

「ほら、急いでそっちをお願い」

「はい」

シズに急(せ)かされて千春は慌てて、物干し棒を外し、洗濯物を取り入れ始めた。自分のものはもちろん、トメや他の住民のものも手際よく、一緒に取り込んでいく。

大方取り入れた頃、長屋の奥から加恵が姿を見せた。

「あら、すみません」

「いいんですよ、これですか」

と、千春は加恵の洗濯物を取り分けた。

「ええ。ありがとう」

と、加恵が答えたとき、バラバラと雨が降り出した。

「やれやれ、間に合った」

と、安堵した笑みを漏らすシズを千春は凝視していた。いや、正確にはシズが姉さん被りに使っている手拭から目を離せなかったのだ。

藍染にムラがある。色抜けが葉っぱのように見える。あれって……。

「あの……」

視線に気づいたシズが気まずそうな顔で、姉さん被りに手をやった。

おそるおそる千春は声をかけようとしたが、シズはそそくさと手拭を取って、踵を返してしまった。

「どうかした?」

と、加恵が尋ねてきた。

「いえ、なんでも……なんでもありません」

シズが戸を閉める音を聞きながら、千春は首を振っていた。

四

加恵にはなんでもないと答えたものの、千春は店番をしながらも暇さえあれば、シズが被っていた手拭のことを考えていた。

自分で切った布だから、染ムラがあったところもよく覚えている。あれはやはり、うちの売り物ではないのか。

そういえば、あの千代紙人形が無くなったのもシズが店にやってきた後だった。あのとき、針が欲しいと言われたとき、シズに背中を向けた。あそこで、もしシズが袂に千代紙人形を入れたとしたら……。

もしかして、シズの家の中には、あの赤い絵付けの湯飲みもあるのではないだろうか。家の中に入って確かめるべきだろうか。いや、でも、あんなに真面目なシズさんに限ってそんなことあるはずない。でも……でも……。

「でも、まさか、そんな」

「何が、まさかじゃね？」

突然、声をかけられて、千春はあっと口を押さえた。思わず疑念を口にしていたらしい。不思議そうな顔で千春を覗き込んでいるのは、英順先生だった。

「英順先生、いらっしゃいまし。今日は何か」

「ああ、前を通ったら、あんたがあんまり深刻そうな顔をしていたから、つい声をかけただけじゃよ」

「それは失礼いたしました」

と、千春は頭を下げた。

「何か悩んでおるようじゃな。まさかということは、何かを疑っておるということじゃな」

「……はい」

千春は素直に頷いた。

「お前さんは素直な娘じゃな。一つ、良いことを教えてやろう」

と、英順は続けた。

「疑心暗鬼を生ず。疑えば目に鬼を見るというてな、人は要らぬものを見ては不安にかられるもの。やがて自ら生み出した鬼に取って喰われてしまう者もおる」

「えっ、鬼に喰われるんですか」

「ああ、すまん、すまん。驚かしたか。だが、あまり案じることはないと言いたいかったただけじゃ、な」

「あ、はい」

もうひとつ「すまんかった」と謝って、英順は頭を掻いた。

そこへ、奥からトメが顔を出した。

「何を謝っておいでです？　うちの子を困らせないでくださいよ」

トメは手に鉄瓶を提げていた。水を入れに台所へ行く途中らしい。

「違います」

と、千春はトメを見た。

「私がちょいと考え事をしていたものだから、先生が注意してくださっただけです」

「そうぉ。ならいいけどさ」

何を考えていたのかとは問わず、トメは頷いた。

英順も特に何も説明をしようとはしない。

「ね、英順さん、ちょっとお茶でもいかがです？」

「おお、ありがたい。それを待っておった」

トメの誘いに英順は嬉しそうに応じた。

「千春さんや、そこの菓子を二つ貰っていこうかの」

英順は茶菓子にするつもりか、千春に代金を渡した。

「はい。では後で一緒にお持ちしますよ」

千春は手を伸ばし、トメから鉄瓶を受け取った。

「甕の水が少なくなっていますから、井戸で汲んでまいります」

台所の甕にはその日使う水が汲んであるのだが、だいぶ少なくなっていた。

「そぉ。じゃ、そうしてもらおうかね」

トメは英順をいざなって、奥へと上がらせた。

千春が水桶を手に裏へ向かうと、井戸端で、お涼がしゃがみ込んでマルを撫でていた。気配に気づいたお涼はマルの相手をしたまま、「ねぇ」と少し上目遣いに千春を見た。

「この前は驚かせて悪かったね」

「えっ……あ、ああ」

お涼はこの前の朝のことを謝っているのだと、千春は理解した。

「嫌ったかい?」

そう問いかけるお涼はひどく心細げにみえた。初めて会ったときに感じた強気のお涼とはだいぶ違うことに、千春は少し戸惑いを覚えた。

「どうしてそんな……そんなことは」

「無理しなくていいよ。私のこと、嫌う人は多いからさ」

ずいぶん投げやりな調子だが、目が寂しそうだ。まるでマルだけが私の友だちだとでもいうように、お涼はマルを撫で続けている。

「いけないのはよくわかってるんだ」

お涼はちらっとシズの家の方を見た。口喧嘩（くちげんか）したことを気にしているのだろうか。シズは今出かけているらしく家の戸は閉められ、ひっそりとしている。

「そんなことないですよ」

と、千春もしゃがんで、お涼の目を見て答えた。

「おマキさんなんて、感心してました。若いっていいなって。ええ。それに私だってあれぐらいで嫌っちゃいません。そりゃびっくりはしたけど」

本当は「お涼さんは私の恩人だもの」と続けたかったが、それを言うとお涼が嫌がるような気がした。

「そぉ、本当に？」

お涼は少しはにかんだような笑顔をみせた。

「ええ。本当。でも、あの男の人、ちょっと可哀想だった」

「たしかに、そうね……イイ人だったからね」

お涼は苦笑した。千春は恐る恐る尋ねることにした。

「だったら、本当は惚れてるの？　嘘だと言ったのは嘘？」

「ああ、あれねぇ」

お涼は、ふーっと一つ息を吐いてから、「本当のところ、よくわからないんだよ」

と答えた。

「わからない？」

「私ね、お酒が入るとついつい調子のイイこと言いたくなるんだ。けど、誰彼なしに言うわけじゃないよ。あぁ、この人の笑う顔をみたいなぁとか、イイ人だなぁとか思うから言うわけで。だから、好きか嫌いかって言われれば、好きなんだろうね。けど、喜ぶ顔を見たら気が済むっていうか、続かないんだよ。それに、俺に惚れてるだろうなんて言ってくる男はどうも苦手でね。そういう奴には思いっきり意地悪を言いたくなる」

と、お涼は本当に嫌そうに口をへの字にした。

「だから、嘘かと言われれば嘘。けど、嘘じゃないといえば嘘じゃない。だって、喜ばせたいって思ったのは嘘じゃないし、苦手だってのも嘘じゃない。本当のことさ。これって変かい?」

あまりにも真剣な表情で訊いてくるお涼に、千春の頬が緩んだ。

「あ、笑った。やっぱり変だと思ってるんだ」

と、お涼がすねた。

「違う、違う。お涼さんて、正直だなって思っただけ」

と、千春は答えた。

「正直? 私が?」

お涼は信じられないという顔になった。

「そんなことを言われるなんて初めてだよ。小さい頃から欲張りだとか、移り気だとか、ろくなことしか言われないのに」

「たしかに移り気だし欲張りだ」

と、千春は笑った。

「あ〜、言ったなぁ」

「うん。言った、言った」

千春とお涼はまるで十七か八の娘盛りに戻ったように声を上げて笑ったのだった。

水を汲んで戻ると、千春は鉄瓶と菓子を提げてトメの部屋へ向かった。

「お待たせしました」

そう言って、襖を開けると、英順の姿はなく、トメが一人、煙管を吹かしていた。

「ほんと、お待たせだよ。どこまで水を汲みに行ってたんだい。えらく派手に笑ってたけど、そんなに楽しいことでもあったのかい？」

と、トメが棘のある言い方をする。だが、顔は笑っているから怒っているわけではなさそうだ。千春は「すみません」と素直に謝った。

「英順さんはね、用事を思い出したとかでね、帰ってしまったよ」

と、トメは鉄瓶を受け取り火鉢にかけると、千春に座るように言った。

「その菓子、あんたと食べとけってさ」

「いいんですか？」

「ま、今日は暇だしね」

と言いながら、トメが出した湯飲みを見て、千春は思わず「えっ！」と声を上げてしまった。あの赤い絵付けの湯飲みだ。

「なんだい？」

「だって、それ」

「ああ、これね。前のがちょうど割れてしまってね。使うことにしたよ」

「よかったぁ」

と、千春は安堵の声を上げた。

「はぁ、何が？」

「鬼が一つ消えました」

と、千春は嬉しそうに答えた。

「何を言ってるのかね、この子は」

トメは奇妙なものでも見るような顔をしている。

「英順先生に、人を疑えば目に鬼を見るって言われたんです。私、てっきりくすねた人がいると思ってしまって」

「ヤダね。私がくすねたって？」

「いえ、そうじゃなくて……実は他にも二つほど帳簿と合わないものがあって」

「何と何だい？」

「千代紙人形。それと、トンボ柄の手拭です」

「その二つだけ？」

「はい……」

「なんだい？　違うのかい？」

「いえ、そのぉ」

千春は思い切って、トメに話すことにした。

「実は同じ手拭を使ってる人がいて、それでつい疑ってしまって。でも、きっとそれも私の思い違いです。もう一度調べ直します」

トメは千春の顔をじっと見てから、

「お前さん、きっちりしてるんだね、そういうとこ。見込んだ通りだ」

と、引き出しから小銭を取り出した。

「これ、人形と手拭の分だよ」

「えっ？　じゃ、あれも大家さんが？」

「いや、そうじゃない」

「だったら……」どういうことかと問いかけようとした千春を制するように、トメは小さく首を振ると、ゆったりとした笑みを浮かべた。

鉄瓶の湯が沸騰してきたらしく、チリリ、チリリと鉄瓶特有の鈴のような音が鳴り始めた。それを聞きながら、トメは茶筒の茶葉を急須に入れた。

「いいお茶はね、あまり熱い湯で淹れたらダメなんだ。知ってるかい。こうして少し湯を冷ましてね」

トメは鉄瓶の湯気の立つ湯を湯飲みに一旦注ぎ、その湯を急須へと移した。

「そうすると、色も味も丸みが出てくるんだ……さ、どうぞ」

と、トメは千春に茶と菓子を勧めた。

「ありがとうございます」

と、千春は湯飲みを手にした。翡翠のような色をしたお茶だ。よい香りがする。

一口飲むと、深みのある苦みが口の中で甘味へと変化していった。

「……美味しい」

思わずそう呟いた千春をトメは満足そうに見つめていた。やがて、トメもまた茶をゆっくり味わうように飲んでから口を開いた。

「お前さんに一つ、大事なことを言い忘れていた」

「なんでしょう」

トメの顔がえらく真剣そうで、千春は少し身を正した。

「この金だが、お前さんももうわかっただろうが、シズが持ってきた。でも責めないでやって欲しい。これからもそういうことがあるだろうけど、知らんぷりをしていて欲しいんだ」

「………」

千春は答えに迷った。万引きをしたのはシズなのか。それを知らんぷりして責めるなとはどういうことなのだろう。

「シズは、お前さんも知ってのように生真面目な人だ。たいていのことはあの人に任せておけば回る。安心していていい。それは間違いない」

「はい」

「けど、頑張りが過ぎるんだろうね、時々この癖が出る」

「癖……」

「ああ、癖さ。この癖のせいで可哀想にお店勤めが続かない。直そうともしてるけれど、なかなか上手くいかなくてね。だから、どうにも我慢ができないときには、うちのを取りなと言ってある」

「そんな……」

「後からちゃんとお代はくれる。ほら、抜けはない」

と、トメは金を包んでいたらしい紙を取り出した。

そこには、几帳面そうな硬い字で、『紙人形　手拭』と書かれてあった。

「お前さんがもう少しのんびりした子ならよかったんだけど、早く気づいたもんだ。

ああ、悪いと言ってるんじゃないよ。ただ、黙っていてやっておくれでないか。やっちゃいけないってことは、本人が一番よくわかってることだからさ。これでもだいぶマシになったんだ」

――いけないのはよくわかってるんだ――。

千春の脳裏に、さきほどそう呟いていたお涼の顔が浮かんだ。

お涼のようにシズもまた、万引きがいけないということはよくよくわかっているのだろう。千春が手拭を凝視してしまったときのシズのなんとも気まずそうな眼が思い起こされた。

「ともかく、そういうことだから頼むよ。いいね」

と、トメは念を押した。

「わかってるだろうけど、このことはほかの人には内緒だよ」

「……はい」

頷いたものの、千春は上手く知らないふりができるか、自信がなかった。

その日の夕方、千春が店を閉めて長屋に戻ってみると、井戸端でなにやら楽し気な笑い声が聞こえてきた。

「だから、言ってやったの、馬鹿にするでないよって」

と、身振り手振り忙しく、武勇伝を語っているのはお涼であった。

「さすがね」

と、笑っているのは加恵、そして、その横でシズも頷き笑っている。どうやらしつこく口説いてくる男がいて、追い払ったらしい。

「でも、気を付けなきゃね。恨まれたら大変だから」

「ええ、そうします」

シズの忠告を今日のお涼は素直に聞いている。この前喧嘩したことなど忘れたように、二人とも屈託のない笑顔だ。

「おかえり！」

千春に気づいたお涼が声を上げた。

「ただいま」

「ねぇ、イイ酒が手に入ったんだ。これで一杯やろうって話してたところ」

と、お涼が酒徳利を掲げてみせた。

「灘の下り酒だよ」

兵庫の灘の下り酒といえば、酒好きでなくても上等だということはわかる。

「みんなで何か持ち寄ろうかねってね」

と、シズも嬉しそうだ。

「じきにおマキさんも帰ってくるでしょうし。お酒には目がない方なのよ」

「ただ酒は特にね」

と、加恵の言葉にお涼が付け加えた。

「酔うとうるさいよぉ、踊り出すしね」

「そりゃ、あんたもだ」

と、シズが茶化した。

「そんな」

と、お涼がすねると、加恵が可笑しそうに笑った。

「私、何か作りますね！」

千春は張り切って答えた。

五

楽しそうな笑い声と手拍子が聞こえてくる。

唄っているのはお涼だ。

「おマキさんの踊りが始まったよ」

トメはゆめの盃に酒を注ぎながら呟いた。

「トメちゃんは行かなくていいのかい？」

と、ゆめが微笑む。

「ここで、のんびりしているほうが好きさ」

トメはそう答えながら、ゆっくりと盃を口にした。

「本当、落ち着くよ、ここは。不思議なんだ。ここでこうやって座っていると、時が止まってるみたいでさ」

ゆめの居間の囲炉裏には赤々と火が熾っている。

その火に照らされて、幼馴染と二人、酒を飲むのが一番の気楽だとトメは呟いた。

遠くから聞こえる女たちの笑い声に呼応するように、炭が赤く熾った。

「みんな、楽しそうだね」

「ゆめちゃんのおかげだよ。あんたがここを造ってくれたからさ」

「トメちゃんがいてくれるからだよ」

ゆめの声が柔らかく響く。

「……私は何もしちゃいないさ」

ぽつんとトメは呟いた。


「あ〜疲れた、疲れた。もう踊れないよ」

おどけたふりで踊っていたマキがそう言ってへたり込んだ。

長屋の一番奥、加恵が教える手習い所になっている部屋は板張りになっていて、机を片付ければ、女たちのちょうどよい寄合場所となる。

「じゃ、次は千春ちゃんの番」

と、お涼が囃し立てる。

「駄目、駄目、無理だよ、私は」

と、千春は必死にぶんぶんと首を振った。

踊るなんて小さいころ、田舎で盆踊りをしたぐらいのものだ。

「絶対、無理」

「もうぉ、しょうがないなぁ。じゃあ、私が」

と、お涼がしゃしゃり出て、シズとマキが手拍子を始めた。

お涼がそれに合わせて綺麗な声で唄いながら、たおやかに踊り始めた。

楽しそうにそれを見ている加恵に向かって、千春は囁いた。

「あのぉ、加恵さま」

「なぁに？」

「大家さんに声をかけなくていいんですか？」

「一応、声はかけたのよ。みんなで楽しめばいいからって」

「じゃあ、ご隠居さまは？」

「ご隠居さま？」

「はい。ゆめさんて仰るんでしたっけ。清文堂のご隠居さま」

「えっ……」

加恵が驚いた顔になった。

そんなに驚くことだろうかと、千春は怪訝な思いにかられた。

「だって、井戸の前のところに住んでいらっしゃるんですよね。私、まだご挨拶したことなくて……」

「ご挨拶って、あなた、そのぉ、困ったわ」

「加恵さま、どうかしました？」

弱り顔の加恵にシズが問うた。

「いえ、その、千春さんがゆめさんにご挨拶って」

「はぁ？」

シズもびっくりした顔になり、

「ゆめさんにって」

「何それ」

と、マキも驚いて、手拍子を止めた。

「えっ、どうして？　おかしいですか？　ゆめさんにご挨拶しちゃあ？」

お涼も踊りを止めた。

「千春ちゃん、何言ってんのさ。ゆめさんに挨拶のしようがないじゃないか。そりゃお花を供えるってなら、わかるけど」

「はい？」

「そうですよ。ああ、でも今日は月命日じゃなかったかしら」

と、加恵が誰にとでもなく問いかけた。

「あ、そういえば、そうですね。何かお供えしたほうが」

と、シズが腰を上げようとすると、マキが制した。

「それなら、大家のトメさんがしてるはずだろ」

「確かに。トメさん、しょっちゅうあそこに出入りしているものね」

と、お涼が応じた。

「仲が良かったから、まだ寂しいのかもね」

「ちょ、ちょっと待ってください」

千春は混乱していた。

「あの……それって、ご隠居さまは、ゆめさんは、もうこの世のお人じゃないってことですか？」

「そうだよ」

と、お涼が平然と答え、他の女たちもうんうんと頷（うなず）いてみせた。

「そろそろ三年、いや二年かね？」

「二年じゃない？　ほら、お涼さんが来た年だったでしょ？」

「そうそう、私がここにお世話になってしばらくして……」

「あれは妙に冷える日でしたねぇ」

「ああ、あんなに慌てたトメさん、見たことなかった」

「そうそう、お医者呼ぶのに、転びそうになってさ」

「そんな……」

千春がひとり、あんぐりと口を開けている横で女たちは口々に、懐かしそうに昔話を始めた。

「いい人だったね、ゆめさん。本当はここを造ったんだから、ゆめ長屋って付けりゃいいのに、前に出るのは嫌だからって、そんなこと聞きましたよ」

と、シズがしみじみと言った。

「ええ、そういう人でした」

と、加恵が相槌を打った。

「奥ゆかしくて、でもちゃんと私たちのこと、見てくれてましたね」

「私はあそこの炉端で団子を焼いてもらったことがあるんだ」

と、お涼がちょっと自慢げに言うと、シズが、「そんなの私だって」と応じる。

「そうよ、何かあると、ゆめさんが話を聞いてくれる。それだけでよかった」

マキはそう言うと、悲しそうに鼻水をすすり上げた。

「まぁまぁ」と、加恵はマキにちり紙を渡したが、その加恵自身、思い出すと悲しくなるらしく、「また会いたいわ」と呟いた。

加恵のその言葉をきっかけに、女たちはてんでに泣き始めた。さっきまでの笑い上戸が泣き上戸に変わった。

「あのぉ……」

千春がおろおろとしていると、マキが千春の肩をバンとはたいた。

「もうぉ、あんたがゆめさんにご挨拶だなんて言うからいけないんだよ」

「えっ？　私？　私が悪いんですか」

「そうだよ、もぉ。ほら、飲み直し、飲み直し。今日はとことん飲むんだからね」

「そうそう。ゆめさんは湿っぽいのが嫌いだったからね。ほら、あんたも飲みな」

シズが強引に千春の盃を満たした。

「さ、踊るよ！」

と、お涼は立ち上がると、千春の手を引いた。

「駄目、駄目ですって……無理ぃ」

必死に拒む千春を面白がって、お涼が追いかけまわす。それを見て、他の女たちは笑った。

賑やかに女たちの宴は続いていた。

第三話　幽霊の正体

一

どこか遠くで赤ん坊の泣き声がしている。

布団にくるまって寝ていた千春はぼんやりと目を開けた。

何時(なんどき)だろう。夜の闇はまだまだ濃い。

赤ん坊の引き攣(つ)ったような声がひときわ大きくなった。

泣き止まない子をあやしながら外に出るしかなく、夜空を見上げてため息をつく女が目に浮かぶようだ。幼い弟妹を負ぶって子守をしていたときのことを思い出して、千春はきゅっと胸が痛くなった。

泣きたいのはこっちだ――何度そう思っただろう。

もう一度、布団をかぶろうとしたが、このまま眠れそうにない。千春はゆるゆると起きだすと、水でも飲もうと台所に立った。

土間にしつらえられた台所には、簡単な煮炊きができるように、洗い場と竈があ
る。灯り取り用に、板を格子状に並べた小窓があるのだが、その隙間から外の風が
入り込んでいた。ひと雨降ったのか、湿気を含んだ生温かい風だ。

隙間をちゃんと閉めようとした千春は、妙な音がするのに気付いた。

いや、音ではない。赤ん坊の泣き声とも違う。あれは女のすすり泣く声だ。

こんな夜中に誰が泣いているのだろう。

千春は小窓の隙間を少し広げて、外をそーっと窺った。

「う、ううう……うぅ」

やはり泣いている。

ゆらり、目の前で何か白いものが動いた。

目を凝らして良く見ると、それは白い着物をぞろりと着て、長い黒髪をざんばら
に垂らした女だった。

女はすすり泣きをやめると、今度はキリキリと激しく歯ぎしりをし、ついで、暗
い声で呻き始めた。ぶつぶつと何を言っているのか、わからない。だが、激高して
きたのか、声はだんだんと大きくなった。

「なぜだ。なぜ私が……恨めしい……悔しいぃ、恨めしいぃ！」

「ひ、ひぃ……」

千春は、口を押さえ、叫び声をあげそうになるのを必死に堪えた。

鬼か、いや、幽霊だ。幽霊に違いない。目が合ったら、憑り殺されてしまう！

腰が抜けそうになりながらも、千春は必死の思いで後ずさり、布団をかぶった。

カチカチと変な音がする。歯の根が合っていないのだ。千春は「夢だ、夢なんだ。変な夢を見てるだけ！」と自分に言い聞かせながら、布団の中で震え続けた。


「で、寝坊したって言うのかい？」

トメは呆れ顔で、千春を睨んだ。

「もうちょっとマシな言い訳はないのかね？」

「嘘じゃないですって！」

と、千春は必死に抗弁した。

真夜中に見た幽霊のせいで、その後なかなか寝付けず、うつらうつらできたのが、そろそろ一番鶏が啼こうかという明け方前のことだ。その後、気を失うように寝入ってしまったようで、気が付いたら、いつも起きる時刻はとうに過ぎていた。慌てて起き出し、家を出ようとしたら、トメが仁王立ちで戸口の前に立っていたというわけだ。

いや、トメだけではない。シズもお涼もマキも加恵も、つまりは長屋の住民みんなが、千春の家の前に集まっていた。

「まぁまぁ、病じゃなくてよかったじゃないですか」

と、加恵が、トメに取りなしてくれた。

「あ～心配して損した」

と、笑ったのはお涼だ。

「いつもの元気な『おはようございます！』がなかったからさ、気になって」

シズもそう言って笑う。みんなして千春が倒れているのではないかと心配してくれていたのだ。

「すみません」

と、千春は頭を下げた。

「けど、本当なんですよ。夢じゃありません。幽霊を見たのは」

「もういいって、夢じゃなかったら幻さ。マルが吠えもしなかったのがその証だろうに」

と、お涼は訝しげだ。

そうだ、そうだとばかりに、マルは尻尾を振っている。

「そうだよ、吠えたら、気づくよ、私が」

犬小屋に一番近いシズがそう応じた。

「そうですか……」

ということは幻を見たのかと、千春が自信なく肩を落とした。そのときだった。

「実はね」

と、それまでじっと黙っていたマキが口を開いた。

「私も見たことがあるんだよ。ふた月ほど前になるけどね」

「本当ですか！」

千春は思わず大きな声を出した。

「うん、本当」

「まぁ、恐ろしいこと」

と、加恵がおっとりとした口調で言った。相変わらず寝不足なのか、腫れぼったい目をしている。

「おマキさんまでそんな」

と、疑わしそうにシズが見た。

「ほら、どうせみんなに言っても笑われるだけだと思ったんだよ。でもね、ほら、その幽霊って白い襦袢姿で髪はざんばらなんだろう。すすり泣いててさ」

「そう、そうです！　そんな感じです。恨めしいって、そりゃ暗い声で」

「ああ、やっぱりあれはそうだったんだね」

思い出したようにマキは身震いをし、千春は味方を得た思いがして、思わず笑顔になった。

「何を嬉しそうな顔をしてるんだい」

トメからは渋い顔で見咎められた。と、そこへ、

「何、何？　楽しそうなお話？」

と現れたのは、清文堂の一人娘、お鈴であった。お鈴は十六歳。目がくるりと丸く、愛らしい顔立ちをしている。

父親の宗助はギョロリとした大きな目が特徴的な男で、母親の秀は、目は細いが瓜実顔の涼やかな美人。お鈴はこの両親の良い所を貰ったともっぱらの評判だ。橘町小町と呼ばれているだけあって、彼女がいるだけで、ぱっと周囲が明るくなる。本人もそれを十分に自覚していて、周りもちやほやするので、少々我儘で落ち着き

がないところが難である。それを気にした秀が、加恵のもとで手習いと行儀作法を習わせているのだが、何かというと稽古を怠けたがる。

興味津々といった顔をしたお鈴を見て、トメが、もうこの件は打ち切りだと、パンパンと手を叩いた。

「あぁ、はいはい、もう、その辺でいいだろう。ここには幽霊なんぞ出やしないんだよ。それでいいね」

「幽霊？　幽霊って何のお話です？」

お鈴は目を輝かせている。

トメはしまったとばかりに小さく吐息をつき、「ああ、なんでもない。なんでもないんですよ」と、お鈴をいなした。

「え、でもぉ」

「お嬢さんは、しっかりお勉強なすってくださいよ」

トメは加恵にお鈴を押し付けると、じろりと千春を睨んだ。

「お前が変なことを言い出すからだ」と言われた気がして、千春は「すみません」と首をすくめた。

二

数日後のこと。千春がお使いを終えて、十九文屋に戻ると、トメが男の客と話をしているところだった。

十九文屋には老若男女様々な客がやってはくるが、男の、それもお武家は珍しい。旗本なのか、羽織袴(はかま)の立派な侍姿で、歳は三十すぎぐらいだろうか。肩幅のしっかりとした美丈夫で、生真面目そうにきゅっと結ばれた口元をしている。

トメ相手に男が手土産を渡して頭を下げた。トメも「いつもいつもご丁寧に恐れ入ります」と、かしこまって応じている。

「ただいま帰りました」と言いかけて、千春は口ごもった。トメの顔がなんだか悩ましげで、ここで割って入って邪魔をしてはいけないと思えたからである。

表から入るのをやめて、千春は裏口へ廻(まわ)ろうとすると、手習いを終えた子たちが三々五々、木戸から出てくるところだった。

「さようなら」「さようなら」

七つか八つか、子供たちはみな千春にも元気よく挨拶(あいさつ)をして帰っていく。

「はい、さようなら、またね」

千春が微笑ましい思いで見送っていると、「先生、大丈夫？」と、井戸端で加恵を案じている女の子がいた。加恵は水で濡らした手拭で、そっと顎のあたりを押さえている。

「はい。ありがとう。もう大丈夫、お帰りなさい」

加恵が微笑むと、女の子は「はい」と帰っていく。

「どうかされたんですか？　虫歯ですか？」

千春は心配して尋ねた。

「う〜ん、そうじゃないと思うけれど、時折ね、顎が痛むの」

加恵がいつもどおりのおっとりとした口調で答えた。そっと顎を押さえているしぐささえ、優雅だ。その上品さのためか、三十半ばのはずなのに、加恵はまさに乙女といった風情で、何の穢れからも無縁のように思える。

「もう大丈夫よ」

と、さきほど女の子に言ったように加恵は微笑んだ。

「あのぉ……」

「なぁに？」

「加恵さまは本当にご覧になったことありませんか？」

と、千春は問いかけた。眠りが浅かったとしたら、気づいていてもおかしくはない――そう思ったからだ。

「幽霊のこと？」

「はい」

加恵はやんわりと首を振った。

「いいえ、ごめんなさい。私は何も……。千春さんは本当に見たのかしら？」

返事の代わりに、千春はゆめの家にちらりと目をやった。

みんなが慕っていたのはわかるが、亡くなったのに、家がそのままというのはやっぱり奇妙に思えて仕方ない。

「ゆめさんなら、化けて出るような御方ではありませんよ」

「あ、すみません」

「いいえ、いいの。咎めたわけではないのですよ」

加恵は優しい笑顔を浮かべた。

「一人で暮らすというのは心細いものです。自分ではきちんとしているつもりでも、ふとしたことで、弱気になったり怯えが出たり……怖い夢を見てしまうものですよ」

「加恵さまもそうでしたか」

千春の問いに、加恵は柔らかく微笑み、「仕方がないことですよ」と応じた。

その時だった。木戸口に、先ほどトメと話していた侍が現れた。

「あっ……」

加恵は小さく呟いてから丁寧に頭を下げた。

「義姉上、御変りございませんか」

侍はつかつかと近づいてくると、親しげに加恵に呼びかけた。

「変りもなにも、先日いらしたばかりではありませんか。それに、益之助さま、もう義姉とお呼びになるのは」

加恵が少し心苦しそうな顔になった。

「いいではありませんか。それ以外に呼びようがありません」

益之助は快活な声で応え、それから、千春に目をやった。

「新しく長屋に入った方ですね」

慌てて、千春は頭を下げた。

「あ、はい」

「義姉上のこと、よろしく頼みます」

「いえ、こちらこそ、そんな」

どう答えていいのやら、千春は困惑して、助けを求めるように加恵を見た。加恵もまた少し困ったような笑顔を浮かべている。

「……益之助さま、何か」

「大した用ではないのですが……」

益之助はちらりと家の方へと目をやった。中で話したいということのようだ。

「これから出かける用事があるのです。外でよければ」

加恵はそう言うと、先に立って歩き始めた。益之助は頷き、後に続いた。

二人が出かけるのを見送ってから、十九文屋に戻った千春は、トメに先ほどの客は誰かと尋ねた。

「えっ、ああ。お武家かい？」

「はい。加恵さまとはどういう関わりの御方で？」

長屋の井戸端で会ったこと、加恵が義姉と呼ばないで欲しいと言っていたことなどを告げると、トメは「そりゃそうだろうねぇ」と呟いた。

「あの益之助さんてのはね、加恵さんの元のご主人の弟にあたる御人さ」

「ああ、そうなんですね」

なるほどと、千春は頷いた。

「えらく丁寧な御方ですよね。私にまで義姉を頼むとおっしゃいました」

「そうさね、礼儀正しい良い御方だ。うちにまで礼儀を欠かさない」

トメは、益之助が置いていった手土産に目をやりながら、小さく吐息を漏らした。

「けど、加恵さんにしたら、どうかね」

「どういう意味ですか？」

「私ならご免こうむりたい。離縁された家の御人だよ。お前さんなら会いたいかい？　追い出しといて、今さら何だいって言いたくもなるってもんさ」

「離縁……追い出す？」

武家の女性が一人で長屋に住んでいるからには何か理由があるはずだが、離縁されたとは思ってもみなかった千春は、思わず呟いた。

「加恵さまはあんなに良い方なのに……」

加恵は誰に対しても優しい。穏やかで好ましい人としか、千春には思えない。

そんな人を追い出すだなんてひどい。

「どうしてそんな」と、理由を問いかけようとしたが、トメは「ああ、駄目駄目」と腰を上げげた。取り付く島もない。

「近頃どうも口が滑っていけない。じゃ、店番頼んだよ」

そう言い残すと、トメは奥へ引っ込んでしまったのだった。

三

「トメばぁ、生きてるかぁ」

表で元気な声がした。やってきたのは、トメの甥（おい）、亮吉（りょうきち）である。歳は十七、両親とともに近郷で百姓をしていて、七日に一度くらいの間隔で、荷車いっぱいの野菜や漬物樽（だる）を馬に引かせて運んでくる。青物市場に運んだ残りをトメの十九文屋に置きにくるのだ。

トメばぁと呼ぶし、どことなくトメに面差しが似ているので、千春は最初トメの孫が来たのかと思っていたのだが、よくよく聞いてみると、彼は末の妹の子だった。

「ああ、生きてるよ。トメばぁ、トメばぁってね、私はあんたのばあさんじゃないって、何度言ったらわかるんだい」

「トメおばばの方がいいのかよ」

「どっちもヤダよ。トメさんでいいよ」

「他人行儀でヤダね。トメばぁでいいじゃねぇか。それともトメじぃって呼ぼうか」

「ったく、ああいえばこういう。口の減らないガキだよ」

「俺はもうガキって歳じゃねぇ。くたばってねぇか心配してきてやってんのに、うるせぇばばあだぜ、まったく。なぁ、千春さん」

毎度こんな調子で、亮吉の口は悪いが人懐こい。こうしたやり取りもトメが喜ぶのをわかってやっている節がある。ごろりとした芋のようなニキビ面で、笑うと目尻にくしゃっとしわが寄り、なんとも愛嬌がある顔になる。接する人の心を和ませるには十分だ。それに、陽に焼けた肌はしなやかに引き締まっていて、この細い体のどこにそんな力があるのかと思うほど、大きな荷も軽々と持ち上げるし、田畑の肥料にするために長屋の肥を汲み上げて持って帰りもする。

汚れ仕事を嫌う若者も多いが、亮吉は働き者で優しい性格なのだろう、頼まれたことはすぐにやろうとするところも好ましい若者である。

「荷を置いたら、さっさとお帰り。悪い遊びを覚えるんじゃないよ」

と、憎まれ口を叩いているトメも、この甥のことは可愛がっていて、彼が来ると嬉しそうに頬を緩める。さっさと帰れという言葉とは裏腹に、彼のために食事を用意しているのも微笑ましい。

亮吉はその辺りも心得ていて、「腹減ったぁ。トメばぁの煮物が喰いてぇ」とトメに甘えてみせる。

「しょうがない子だよ」

と、応じながらもトメは嬉しそうだ。

亮吉は幼い頃からよく泊まりに来ていたようで、今でも泊まって翌日帰ることが多い。男を泊めるなという長屋の規則は、トメには当てはまらない。そもそも甥っ子は男とはみなしていないのかもしれないが。

「店の雨戸をちょいと直してくれるかい？」

「あぁ、任せとけ」

と、亮吉は二つ返事で引き受けた。彼は大工仕事も得意で、ちょっとした棚付けや造作の修繕なども器用にこなしてしまうのだ。

板戸を外すのを千春が手伝おうとすると、「いいから」と首を振った。手出しは無用ということだ。

「ごめんよ」と、千春は謝った。ついつい他人のすることに手を出そうとするのは自分の悪い癖だ。

「危ねぇからよ」

亮吉は屈託なく、にっと笑った。それから、てきぱきと、腐った部分を器用に削り始めた。当て板をしてから、大工を気取って釘を口にくわえ、かなづちを振るう。横顔の顎の辺りにはまだ少年っぽい甘さが残っているものの、流れる汗を手の甲でくいっと拭う真剣なまなざしはもう一人前の男という感じだ。

「へぇ〜」

千春は感心してその様子を見ていた。男手があるというのはやはりいいものだ。

「うちの棚も直して欲しいなぁ」

「この後、やらせばいいさ」

と、トメが微笑む。

「さて、魚でも買ってこようかね」

トメは独り呟いて、精を出してくれる甥っ子のために、いそいそと外へ出たのを潮に、千春は亮吉が持ってきてくれた野菜を店に並べ始めた。

亮吉が直し終えた板戸を持ち上げて、嵌め直そうとしたときだった。

「うっ」

亮吉が変な声を出した。表、横手から華やかな赤い着物が飛び出してくると、板戸に隠れるように亮吉の腰にしがみついたのだ。

振り向いて、千春に向かって、「しーっ」と人差し指を口に当てたのは、清文堂の一人娘、お鈴であった。

「隠してね」

「う、うん」

そう答えた亮吉の首に見る見る朱が走った。動きたくても動けないほどに、どぎまぎしているのが、千春にもよくわかった。

「お嬢さま、お嬢さま」

「お鈴！　待ちなさい、お鈴！」

女中とお鈴の母、秀が外に出てきた。

秀は近所ではしっかり者と評判の女である。着物も帯も派手ではないが上質なものを好んで着ている。前に出しゃばることはないが、奥ではきっちり主人の手綱を握っているという典型的なお店（たな）の女房というわけだ。

その秀はちらりと十九文屋に目を向けてきたが、千春は知らないと首を振ってみせ、亮吉も板戸を廻（まわ）して、お鈴を隠した。

「もうどこに行ったのかしら。しょうがない子」

秀はやれやれと首をすくめ、店に戻っていく。それをよくよく見すましてから、お鈴は立ち上がった。

「あぁ〜助かった」

無邪気に笑っているお鈴を見て、亮吉が眩しそうな眼をした。

「ありがとうね、千春さん、亮吉つぁん」

お鈴は亮吉の名を「りょうきっつぁん」と、親し気にそう呼んだ。「つぁん」という響きが甘く、柔らかい。

「あ、ああ」

亮吉は嬉しそうに頭をかいていたが、千春の視線に気づいて、気恥ずかしそうに、目を伏せた。耳たぶまで赤くなっている。

やれやれ可哀想にと千春は小さくため息を漏らした。亮吉がお鈴に惚れているのは誰の目にも明らかだ。しかし、脈はありそうにない。おそらくお鈴は幼馴染としか思っていないのではないか。そもそもこの娘はどんな男に対してもこの調子で愛らしい笑顔を振りまく。お高く留まっているわけではないから、まだいいようなものだが、自分が亮吉の立場なら、いっそ冷たくあしらわれた方がまだ救いがある。

「あ、あのさ」

なんとか話をしたいのだろう。亮吉はお鈴を窺い見た。

「なぁに」

と、お鈴の大きな瞳が亮吉を真正面から捉えた。

「い、いや、あ……あの、何があったんだい？」

「お琴のお稽古よ。私、ああいうの苦手なの。知ってるでしょ」

「うん」

亮吉はお鈴と二人きりで話したいに違いない。千春は気を利かせるつもりで、奥へ行こうとすると、お鈴が袖を摑んで引き止めた。

「ねぇ、ねぇ、千春さん。この前の話、教えて」

「えっ？」

「ほら、幽霊が出たとか言ってたでしょ。ね、あれ本当？」

「あ、あぁ、あれねぇ」

「教えて。ねぇ、亮吉つぁんも聞きたいでしょ。幽霊の話」

「あ、ああ、うん」

「お願い」

と、お鈴は千春に向かって小首をかしげ両手を合わせた。あざといようだが、なんとも憎めないかわいらしさがある。やれやれ仕方ないと千春は小さく吐息をついた。

「……この前の夜中のことだよ。赤ん坊の泣き声で、目が醒めてね」

四

『女は容よりも心の勝れるを善とすべし』

加恵は、筆に墨をたっぷりと含ませると、さらさらと紙の上に走らせた。

これは、女子の初等教育本とでもいうべき『女大学』の一節である。

最古の版本は享保元（一七一六）年に出た『女大学宝箱』で、『養生訓』を著したことで有名な貝原益軒の『和俗童子訓』の中にある「女子を教ゆるの法」をもとに綴られたということにはなっているが、実際の筆者は不明である。

江戸時代には、往来物といって、往復書簡・問答集などの形式を使った教育本が数多く作られた。儒教思想をもとにした道徳律、処世術などを著したものが多く、武士、町人、商人、農民、様々な立場に応じたものがあった。

女子教育ものとしては、貞享四（一六八七）年に出た『女今川』を初めとして、『女実語教』『女小学』『女庭訓』『女中庸』等、様々な本が出ていた。その中でも

『女大学宝箱』が特に人気を博し、版を重ねていた。

内容としては、裁縫や洗濯など家事全般の大切さ、化粧、髪など身だしなみの心得といった生活の細々したことから、音曲などの嗜み方、親や舅姑に対する孝行、婚姻、出産、子育てなど多岐にわたる。すべて儒教思想に基づいた、良妻賢母の基本とされるものであり、この内容を要約し嚙み砕いたものや挿絵入りのもの、さらには、いろは歌の形式をとったものなど、様々に『女大学』を冠した本が出回っていたのである。

今回清文堂でも、もっと読みやすい『女大学』を出版することになり、加恵は筆耕（筆写すること）を頼まれた。

幼い者の手習い手本としても用いられるように、なるだけ短文にして、ところどころには挿絵も入れる。さらに実用書として使えるように、巻末には状況に応じた手紙の例文なども加えたい。それについては加筆をと、清文堂からは少々欲張りな要請があったが、加恵は二つ返事で引き受けた。

加恵にとっては楽な仕事のはずだった。手紙を書くのは得意だし、『女大学』の基本的な内容は全て頭に入っている。それこそ物心ついたときには手元にあって、言葉の細かい意味もわからないうちから、何度も何度も口に出し、文章を書き、丸暗記させられたからだ。だから、何も見なくても簡単に書けそうなものだが、その実、なかなか筆が進まない。

たとえば、今書いていた一文、『女は容よりも心の勝れるを善とすべし』――外見に拘るのではなく、心の美しさが大事である――加恵の中で、心の指針としてきたもので、今は手習い所で教えてもいる。だが、改めて考え出すと迷いが生じた。

姿かたちについては、好き嫌いが生じるから、万人が美しいと認めることはないにせよ、ある程度は目で見てわかることだ。では、心の美しさとは何を示すのか。人に対する優しさなのか、清廉潔白に嘘をつかず生きていくことなのか……。

『女大学』の中では、この一文に続いて、次の文章が続く。

心映えのよくない女は、気分が落ち着かず、大きく目を見開き、人を怒り、荒い言葉を使って、意地悪く、人を押しのけ前へと出ていき、人を恨み、妬み、自分のことを誇示し、人をそしり笑いし、得意げな顔になる。これらは全て女の道にとって間違いだ。女はただ和らぎ、従順で、もの静かなのが良い。

両親は、男兄弟に挟まれて育った加恵が男勝りのお転婆に育つことを案じていた。

「見苦しい女になってはなりません」

加恵は、母からも事あるごとにそうきつく言われ、この教えを守り生きてきた。

また母は『女実語教』の中にある『容姝(うつくし)きが故に貴からず。才(さい)あるを以(もっ)てよしとす』も好んで、加恵に聞かせた。

「智恵は万代の宝といいます。よくよく勉学に励むのです」

加恵の中で、才＝智恵をつけることは、一生の宝であり、心の美しさに通じるものだったのだ。

母の期待通りに、加恵は勉学に励んだ。手習いはもちろん、四書五経も二つ年上の兄と競うようにして読んだ。弟たちにも引けは取らなかった。その面では少々男勝りだったかもしれない。案の定、父はそれをあまり喜ばなかった。琴を奏でたり、お茶を点(た)てたりすると褒めてくれたが、論語を暗唱しても「それぐらいにしておけ」というだけであった。

やがて武芸を好み書物を読むのが苦手な兄は昌平坂(しょうへいざか)の学問所に通い出し、弟たちもそれに続いたが、加恵は叶(かな)わなかった。不満を漏らした加恵に母は「おなごですからね。仕方がありませんよ」と諭すだけであった。

今思えば、「仕方がない」と呟(つぶや)くときの母は、いつもどこか寂しそうな笑みを漏らしていた。母を悲しませてはならない。仕方がないことは仕方がないのだ。加恵は自分にそう言い聞かせた。

その頃だ。清文堂で読本を買って読むのが何よりの楽しみになったのは……。物語の中でなら、加恵は姫になり武者になり、思うがまま生きることができた。加恵があまりによく来るので、当時、店に出ていたゆめは、新しい本が出ると、取り置いてくれるようになっていた。読み終えた本の感想を夢中になって話したこともある。そんなとき、優しく耳を傾けてくれたゆめの顔が懐かしい。

矢崎家の長男源之丞との縁談が持ち上がったのは、加恵が十七の時であった。相手は自分より五つ年上。婚姻が済めば家督を継ぐということしか知らされず、人柄もいや顔すらも知らずに加恵は嫁ぐことになった。相手から望まれ、家柄が合えば、否やは言わないのが当たり前。それこそ仕方がないことだったのだ。

あの頃の自分のことを思えば、何もわかっていなかったとため息も出ない。次々に用意される花嫁道具と衣装に心を奪われ、嫁いでから起きることなど何も考えていなかった。母の言う通り、勉学に励んでいたし、才はもっているつもりであった。きっとそのおかげで良縁に恵まれた。幸せになれるのだとしか、思っていなかった。才はあっても、良く言えば純粋で、悪く言えば、幼かったのだ。

矢崎の家の人はみな口数が少なかった。舅も夫も寡黙な人で、姑も必要なこと以外はあまり話さない。男兄弟の中で育った加恵が驚くほどに家の中は静かだった。

夫の上には姉が二人いたが既に嫁いでいて、家に残っているのは末弟の益之助だけだった。加恵が嫁いだとき、益之助は元服したばかりで、まだ少年らしさが残っていた。彼は朗らかな性格で、加恵のことを「義姉上、義姉上」と慕っては、あれこれと話しかけてくれた。無口な夫は加恵が何を話しても聞いているか聞いていないのか、よくわからなかったが、益之助は違った。学問所での出来事を面白おかしく話す益之助に加恵は気を許し、笑い声をあげることもあったのだ。

ある日のことだ。夫が勤めに出た後、舅姑は親戚のもとに出かけ、加恵は独りで屋敷の留守番をしていた。そこへ学問所に出かけたはずの益之助が帰って来た。腹が痛く、熱もあるというので、加恵が看病にあたった。下女はいたが、他に用事があるだろうし、実家の弟たちが病気のときにはよく看病していたから、そういうことには慣れていた。薬湯を飲みひと眠りした益之助が汗をかいたというので、加恵は乾いた布を持ち、寝所に入った。

「さ、早く脱いで」

寝間着を脱がせて、汗を拭こうとしたが、益之助は恥ずかしいのか、嫌がった。

「自分でやります」

「よいのですよ、遠慮せずとも」

「いえ、駄目です、そんな」

「さ、早く」

加恵は笑いながら、益之助の寝間着に手をかけた。そのとき、突然、襖が開いた。

「何をしているんです！」

姑は金切り声を上げると、いきなり加恵の頬を叩いた。

一瞬、加恵は頭が真っ白になった。何を叱られたのかわからない。

益之助が「義姉上は私の看病をしてくれていたのです」と、慌てて取り成してくれたが、姑が手を上げたことを謝ることはなかった。

不義を疑われたのだと知ったのは、夫にそのことを話したときだ。

「母上はそういうことを最も嫌う」

「まさか、そんな」

義弟に手を出したなどありえない——絶句した加恵に、夫は「謝ることだ」と続けた。

「えっ？」

聞き違いをしたのかと、加恵は耳を疑った。だが、夫は当然のようにこう繰り返した。

「母上に誤解を与えたのだから、お前が謝るのが筋だ」

女は嫁げば嫁ぎ先の家を第一に考えねばならない。夫を立てて従い、けっして悋気(りんき)（嫉妬(しっと)）することなく、実家よりも嫁ぎ先の舅姑を大切にしなければならない――これらも全て『女大学』の中にあり、当時の女子教育が大切にしてきた教えであった。夫や舅姑が言うことは絶対で、カラスも白いと言われれば同意しなければいけない。何があっても「はい」と答え、己を出すことなく、孝行を尽くすことこそが、正しい女のあり方、心映えの美しい女とされた。

仕方がないことだと、加恵は無理やり自分に言い聞かせ、姑の前に手をつき、謝った。

それからというもの、益之助との間にはぎこちない空気が流れた。益之助は今までどおり話をしたそうなそぶりを見せたが、加恵は避け、応じるにしても言葉数少なく済ませた。加恵を笑わせてくれる人はいなくなったが、それもまた仕方ないことだった。

しかし、そんなことはその後に起きたことに比べれば些細(ささい)なことだ。

夫との夫婦仲は良くも悪くもなかったが、なかなか子に恵まれなかった。嫁いでから五年の間に、妊娠はしても流れてしまうということが二度起きた。

嫁して三年子なきは去れと言われることもあるが、一応、子はできたからか、離縁の話は出なかった。それどころか、実家の父母が倒れたときに見舞いに戻ることすら許されなかった。

二度目の流産の後、舅が風邪をこじらせあっけなく身罷った。しばらくして姑が病に倒れ、加恵が看病をすることになった。嫁としては当然のことであったが、まだ身体も本調子ではなく、加恵は疲弊していった。

夜に呼びつけられることが多いため、姑の隣の部屋で眠るようになり、夫と褥を共にすることが減っていった。だが、そのことは寂しくはなかった。逆にほっとしたというのが、正直な気持ちであった。

夜、襖越しの姑のいびきを聞きながら、ひとり天井を見つめていると、これまでの夫との生活が思い起こされた。

子が出来たと言ったときも流れてしまったときも、夫は殆ど無表情で「そうか」と言っただけだった。これを物に動じないと評する人もいるだろうが、どんなに贔屓目に見ても、慈しみに欠けた態度だった。人の情というものが薄い人なのか。だが、加恵はなじることはせず、何も言わず済ませた。

ああ、そういえば、一度、夫が加恵のことを別の女の名で呼んだことがあった。

「タエ、茶を頼む」

タエと加恵、音にすれば一字違いだが、確かに違った。その証拠に、言ってからすぐ、夫は間違ったことに気づいたようでおかしなほど狼狽した。だが、加恵はこれもまた、聞こえなかったふりをして済ませた。悋気をしてはならないという教えのせいだけではなく、褥を共にしていない以上、夫が外に女を作ったとしても、それは仕方がないことに思えたからだ。

外は外。事を荒立てずに済ませて貞女の務めを守ることこそが家を守ることになる——だが、そう心を決めたものの、夫に触られると虫唾が走った。そういう意味でもひとり寝は気楽であった。

姑の病は長引き、一進一退を繰り返し、徐々に弱っていった。

「次の冬を越すのは無理かもしれない」主治医からそう言われた年、養子を迎える話が出た。大叔父の孫に八歳になる男の子がいる。その子を養子にするというのだ。

このとき加恵は二十九歳になっていた。嫁してから早いもので十二年、子が出来ていないのだから、養子縁組は当然のことだ。漠然と、子が出来ないままなら家督は弟の益之助が継ぐことになるのかと考えていたが、益之助には上役の娘との縁組が持ち上がっていた。先方は婿養子になって家を継ぐことを望んでいるという。となれば、死ぬ前に矢崎の家を託す者の顔を見ておきたいという姑の思いも理解できた。加恵は快く養子を受け入れた。自分が産んだわけではなくても、子を持つことは楽しみでもあった。

養子の勢之介（せいのすけ）は親類の子だけあって、どことなく夫と似ていた。素直な子で、すんなりと夫のことを「父上」と呼び親しんだ。加恵に対しては少し距離があるように思えたが、それは男の子特有の気恥ずかしさなのだろうと解釈した。

姑は大喜びで可愛がり、気力が増したせいか、周囲が驚くほど元気になり、床を離れる日も増えた。夫も勢之介から「父上」と呼ばれる度に笑顔を見せた。加恵も看病べったりの生活から少し解放され、気持ちにゆとりがもてるようになった。

子供がいるというだけで、家族に笑い声が増え、家は明るくなった。幸せとはこういうことかもしれない――。

加恵がそう思う日々が二年ほど続いた。だが……。

それは、小姑（こじゅうとめ）である夫のすぐ上の姉が、姑の見舞いに来た時のことだった。

この義姉は、母親の病が重いときには滅多に顔を見せないくせに、調子がよくなると、やって来る。

「加恵さんも苦労なことですね」

自分の母親の看病を任せっきりにしている労いのつもりだろうか。それにしては他人事のような言い方だと、加恵は思った。

「いえ、なかなか行き届きませんで」

と、加恵は控えめに応えた。

「そんなことは。私ならとてもやってはいけないわ。源之丞も源之丞よ。次々子を作って。タエもタエよ、遠慮というものを知らない」

「えっ……」

何の話をしているのだろう。姑が慌てたように激しい咳払いをした。加恵の気を逸らそうとしたのは明らかだった。

「ご存じだったわよね、加恵さん」

自分の失言を棚に上げて、義姉は当然だろうという顔をした。

「え、ええ……」

加恵は曖昧に微笑んだ。

「ほら」

安心しなさいと言うように、義姉は姑を見た。

「気づいていて当然ですよ。加恵さんは賢婦の鑑だもの」

「賢婦などとそのような」

「あら、謙遜なさることはないわ。源之丞だっていつもそう言っている。加恵は賢い女だ。私にはもったいないと」

姑もその通りだと微笑む。

「まぁ、そうですか」

夫が自分をそう褒めてくれたのが本当なら、嬉しいことだ。ここは素直に受け取っておこう。

「ええ。だから、次の子も男の子なら引き取るとよいかもね。男の子が二人いれば、矢崎の家は盤石でしょう」

さぁっと血の気が引くのがわかった。次の子……次の子って。

「そうね、そうしてもらえると、私は安心して死ねるわ」

と、姑が頷いた。

この人たちは何を言っているのだろう。鼓動が激しくなるのがわかった。息が苦しくなり、笑顔が引き攣る。加恵は茶を替えるのを口実に、その場を離れた。

「義姉上、どうかなさいましたか？　ご気分でもお悪いので」

廊下で立ち尽くしていると、益之助から声がかかった。よほどひどい顔色をしていたようだ。益之助は上役の婿養子となった後も、母の見舞いと称してよく顔を出していた。

「部屋でお休みになった方が」

そう言って襖をあけた益之助の手を取り、強引に部屋に引きずり込むと、加恵は詰め寄った。

「教えて。あの子は、勢之介は誰の子なのです？　大叔父の孫というのは嘘でしょ」

「どうされました」

「知っているのでしょう。お願いです。勢之介の母親は、タエという方なの？」

必死に迫る加恵に負けたのか、益之助は渋々頷いた。

そうか、知っていたのか。この家の中で、知らなかったのは自分だけか。

「ふぅ……」

目を閉じ深く何度か呼吸を繰り返すと、加恵は奇妙なほど落ち着いてきた。怒りよりも納得感、いや、馬鹿馬鹿しさが先に立ったからか。

「大丈夫ですか？」

心配そうに尋ねる益之助に、「ええ」と微笑む余裕が生まれた。まだ聞かねばならないことがある。

「タエさんとはどういう方ですか」

「……それは」

「お願い。もう蚊帳の外は嫌。何を聞いても驚きはしません。知っておきたいだけですから」

自分でも不思議なほど冷静な声が出た。

「お願いします。あなたに聞いたとは申しません」

淡々とした加恵の態度に、益之助は安堵したのか、口を開いた。

「タエは昔我が家に奉公していた女中です。兄上との間に子が出来たのですが、母が嫌いましてね。どうしても許そうとせず、義姉上がいらっしゃる前にここを辞めさせました」

「ちょっと待って。だとしたら、勢之介の歳が合いません」

「ああ、それは最初の子のことで、女の子です。それもあって母は家には絶対入れないと強硬に」

加恵は必死に理解しようと頭を働かせた。

夫には自分との縁組の前に好きになった女がいて、その女は身ごもっていた。最初の子は女の子。勢之介を養子にしたのは彼が八歳のとき。逆算すると、加恵が二十一歳のときに産まれたことになる。ということは、二度目の流産の年だ。夫の頭の中には加恵の流れた子のことなどなかったのだ。度重なる流産に打ちひしがれていた加恵の横で、夫は跡を継ぐ男の子が生まれたことに心を奪われていたにちがいない。

「……そうか」

あのとき無表情に呟いた夫と、同じ言葉が加恵の口からこぼれ落ちた。

「次の子……義姉上さまが次の子も養子にと。子が出来ているのですね」

「本当ですか！」

今度は益之助が驚いた。どうやら初耳だったらしい。益之助はやれやれと首を振った。

「いったい何を考えているのだ。兄上は」

「さぁ……フフ」

答えの代わりに乾いた笑い声が漏れた。なんと愚かだ。夫はずっとタエという女を愛し続けていたのだ。情がない、冷たい人だと思い込んでいたが、そうではなかった。情を向ける相手がほかにいたということだ。それも一途に……。

「義姉上」

益之助が痛ましげに加恵を見つめてきた。

「私にはわからないのです。なぜ、兄上はあんな女を。年上だし、学があるわけでも美人でもない。ただ愛嬌がいいだけの女です。私には義姉上の方がよほど、私は……私は義姉上がおかわいそうでなりません」

「フフ、フフフ……」

変だ。笑っているのに涙がこぼれる。

「しっかり、しっかりなさってください。義姉上、もし、義姉上がこの家を出たいとおっしゃるのなら、私が、私が」

突然、強く抱き寄せられ、益之助の息が首筋にかかった。

「私は義姉上のことが誰よりも……義姉上」

切なげな声を上げた益之助の唇が加恵のそれへ強く押しあてられた。

一瞬、何が起きたのかわからなかったが、夫と同じ体臭を感じた加恵は反射的に益之助を押しのけていた。そのまま逃げるように、井戸へと駆け、嗚咽が出るのをごまかすように何度も何度も顔を洗い続けた。

ようやく、顔を上げたとき、下女が驚いた顔をして横に突っ立っていた。

「なんでも……なんでもないのよ」

加恵は下女を安心させるように微笑んでみせたのだった。

『一度嫁いりしては其家を出ざるを女の道とすること』

これも『女大学』の一文だ。離縁することなど考えてはいけない。もっとも、もし離縁できるとしても、既に両親もいない実家は兄夫婦の家で、加恵の戻る場所はない。仮に離縁したいと相談したら、きっと厳格な兄は縁を切るというか、尼寺へ行けというだろう。それもいいかもしれない。世俗から離れて好きな書を読みふける生活を送る。いや、それならいっそ死んでしまった方がよいのか——そう思い至り、何度も遺書を書こうとし、その度「見苦しい女になってはなりません」という母の言葉が思い起こされた。

何が見苦しく何が見苦しくないのか。何が心美しいことになるのか……。

迷いに迷い、答えが出ないうちに、一時は持ち直したと思われていた姑の具合がまた悪くなり、看病に追われた。加恵は嫁の務めとして、姑の最期をきっちりと看取ったのだった。

しかし、滞りなく葬儀が終わってしばらくすると、夫はもう誰にも憚ることがなくなったと言わんばかりに外泊するようになった。

家で夫を待つのが嫌で、加恵は町に出た。行く宛てもなく歩いていると、いつしか子供の頃、大好きだった清文堂の前に立っていた。

「あれ、加恵さま？　まぁまぁ、ようお越しを」

ゆめが加恵を迎えてくれた。髪は白くなり皺も増えたが懐かしい笑顔だった。隠居所に暮らしながら時々店に出ているという。「よければもっとお話を」と、隠居所に招かれ、いつしか、加恵は問わず語りに自分の境遇を話していた。

じっと黙って聞いてくれたゆめは、家を出るつもりなら、おとめ長屋に住めばよいと言ってくれた。しかも、筆耕の仕事の世話まで申し出てくれたのである。

もう悩む必要もない。加恵は夫に離縁を申し出た。最初、夫は何かの冗談を聞いたような顔をしたが、加恵が本気だと悟ると、見る見る顔を綻ばせた。

「良いのか、それで」

そんなに喜んでどうする。呆気に取られてしまうほど、夫は無邪気だった。

「いや、しかし、それでは申し訳が立たぬ。いくら何でも」

嬉しさを抑えきれないくせに、まだそんなことを言う。

「私のことなどどうでもよいではありませんか。もう反対する方はいないのですよ。何の遠慮が要りましょう。勢之介だって、そのほうが嬉しいに決まっております」

加恵は三下り半を手に矢崎の家を出た。かれこれ四年前のことであった。おとめ長屋で暮らすようになり、頼まれるままに手習いや行儀作法も教えるようになった。長屋の女たちのたくましさと我が身を比べるにつけ、自分が縛り付けられていたものの正体がよく見えるようにもなった。腹立たしさや悔しさを感じることもあったが、一年、二年……歳月を経るごとに、それらも薄れ、矢崎の家でのことが遠い昔の出来事のように思えてきていた。そんな時だ。益之助が何かと用事をつけては現れるようになったのは。

最初は町でばったりと会ってしまったのがきっかけだった。そのとき問われるがまま居場所を教えたのがよくなかった。翌日、益之助が手土産片手に現れたのには驚いた。

妻も子もある身で、独り身の女のもとへ通うのはよくないと遠まわしに言ってはみたが、彼は「私のことはお気になさらず。それより義姉上が心配です」と意に介さない。まるで自分が保護者になったと思ってでもいるようだ。

近頃では七日に一度は必ず、時に立て続けにくることもある。よほど家で面白くないことでもあるのだろうか。決して一線を越えてくることはなかったが、話をすれば必ず、夫や勢之介の今の様子を聞く羽目に陥る。思い出したくもない過去が蘇ってくる。

これも離縁を言い出して、女の道に外れた報いなのか——加恵はため息をつくことが増えるばかりであった。

五

「亮吉つぁん、大工になればいいのに」

「大工か……なれっかなぁ」

「それともお百姓のままがいいの？」

「ままがいいとか悪いとか、考えたこともねぇや。田畑耕すのだって結構大変なんだぜ」

「そんなのわかってるわよ。お百姓さんが大工に比べて悪いって言ってんじゃないわよ。お江戸で暮らせたらなぁなんて言うからよ」

「そりゃあ、そうなんだけどさ」

亮吉はそう言って、ちょっと眩しそうにお鈴を見た。

千春は微笑ましく思いながら若い二人の会話に耳を傾けていた。

ここは、ゆめの隠居所だ。

亮吉と二人して、千春の幽霊話を聞いたお鈴は、どうしても幽霊を見たいと言い出した。「祟られたらどうするの？」と、千春は必死で止めたが、お鈴は幽霊がこの世に存在しているかどうか、見極めたいと言ってきかなかった。

「危ない目に遭うっていうなら、亮吉つぁんが守ってくれたらいいもん。ね」

「えっ……お、俺」

おっかなびっくり話を聞いていた亮吉は、一瞬答えに詰まったようだった。

当然のようにお鈴は亮吉を見た。

「守ってくれるでしょ」

「それとも怖いの？」

情けないとばかりにお鈴は訊いた。こういうところがずるい。断れないことを知っているのだ。

「そ、そんなわけねぇよ。ああ、もちろん俺が守ってやるって。幽霊でも虎千匹だって、なんだって、出て来いってんだ」

亮吉は精いっぱい粋がって、胸を張った。

「ほら大丈夫」とお鈴は千春を見た。

やれやれどうしたものか。とにかく夜中見張るということになれば、千春の一存で決めるわけにはいかない。だいたいトメに話したら、余計な話をしたと叱られるのがオチだ。ところが、お鈴は、さっさとトメに幽霊捜しをしたいと言ってしまった。案の定、トメは千春を睨みつけた。

「お嬢さんに何を吹き込んだんだい」

「いえ、そのぉ……」

「千春さんを叱らないで。私がお願いしたんだから」

「ですけどね、お嬢さん。この長屋に幽霊なんてものはいやしませんよ」

「だったら、誰が化けているか。そのほうが面白いわ」

やれやれとトメは頭を抱えた。

「じゃぁ、うちのおとっつぁんがいいって言ったら許してくれる？」

「許すって何を？」

「だから、亮吉つぁんを借りること」

「はい？」

亮吉はお鈴の後ろで身を小さくして、トメに両手を合わせて拝んでいる。

「馬鹿……本当に」

舌打ちしつつ、トメはどうせ許しがもらえるはずがないと踏んだのだろう。「清文堂さんがいいと言うのなら」と、渋々頷いた。すると、どこをどう策を弄したのか、お鈴はすぐに父親の許しを得てしまった。しかも、直々にトメのもとへ挨拶に来たという。これだけでも、どれだけ父親がお鈴に甘いか知れるというものだ。

約束は約束だ。トメはため息をつきつつ、次に亮吉が来たときには、泊まりがけで幽霊探索をするのを許した。

「けど、お嬢さん、いいですか。長屋の者にはもちろん、他所の人にもこのことは内密にすること。変な噂が立ったら困りますからね。それと」

トメはさらに、若い二人きりにするわけにはいかないから、自分がお目付け役になると、条件をつけた。そして、千春もそれに付き合う羽目になったのであった。

四人はゆめの隠居所で夜更かしすることになった。

「いいですか？　トメさんの言うことをよくきいて、くれぐれも無茶をするんじゃありませんよ」

お鈴の父、清文堂の主人宗助は、許可はしたものの、心配でしょうがないらしく、当日の夕方、顔を見せた。

「トメさん、それじゃあね。ああ、千春さんだったっけ？　お鈴のことよろしく頼みますね」

宗助は少し太り気味の体を折り曲げるようにして、千春にまで丁寧に挨拶をした。ギョロリとした大きな目がお鈴を見る時だけ細くなる。千春にとっては普段、店の帳場で少し難しそうな顔をして座っている人という印象しかなかったが、名前を憶えていてくれたことも意外であった。

「もうぉ、いい加減にしてよ、おとっつぁん。千春さんが困ってるでしょ」

「ああ、そうだね。そいじゃ。やっぱり私も残ろうか」

「大丈夫ですよ。亮吉もおりますし」

と、トメは少々呆れ顔だ。どうせ何も出やしないと思っているのだ。

「そうかい。そうだといいけど」

一人娘のことが心配でならないのか、宗助はぐずぐずと居残りたそうにしている。

「もうぉ、要らないって言ってるでしょ！　ここはおばぁ様の家なんだから、大丈夫。何かあったら、おばぁ様が守ってくれるんだから！」

と、お鈴は半分怒った顔をして、父親を追い返した。

しかし、そのおばぁ様が幽霊かもしれないのにと、千春は少々怖ろしかった、だが、トメもお鈴もそんなことはまったく考えていないようだ。ゆめの隠居所からなら、井戸端あたりもよく見える。ここで夜明かしするのが当然だと思っているのだ。確かに、戸口横の格子窓から覗いていれば、誰か通ればすぐわかる。

お鈴と亮吉が土間におりて、外を窺いながら話しているのを、千春はトメと二人、囲炉裏端に座って眺めていた。

いつも朝が早いトメはうつらうつらと居眠りを始めている。幽霊の出番といえば、丑三つ時（午前二時頃）と決まっている。まだまだ夜は長い。

「お鈴ちゃんはなりてぇものってあるのかい？」

「うん、ある」

と、お鈴は即答した。

「私ね、戯作者になるの」

誰かの花嫁になるとでも言うのかと思っていた千春は驚いた。それは亮吉も同じだったらしく、目をぱちくりさせている。

「げ、戯作者って、本や芝居を書く、あれかい？」

「そうよ。おとっつぁんもいいのが書けたら出してやるって。だからね」

と、お鈴はちらりとトメを窺い見てから、声を落とした。

「このことで一つ、幽霊話を書こうと思ってるわけ」

「ひぇ〜、すげぇ」

亮吉が素っ頓狂な声を出したので、舟をこいでいたトメが目を開けた。

「う……、なんだい。何か出たかい？」

「いえ、何も！」

と、お鈴が答えた。お鈴は亮吉と千春に内緒よと目配せしてきた。今夜のことはほかの人には内密だと言われていることなど忘れたかのようだ。どんな話にするつもりか知らないが、長屋の名がこんなことで知れたら、大騒ぎになるだろう。

それにしても、戯作者になりたいなんてなんとまぁ大胆な娘だと、千春は呆れつつ、強引に押し通せるお鈴の若さが羨ましく眩しくもあった。

町の木戸を閉める合図の拍子木の音が聞こえてきた。

「ああ、四つ（午後十時頃）かい」

トメは大きくあくびをしながら行灯の火を消した。

「うわぁ……あ〜、あんたたちもこっちに来て、火にあたりなさい。風邪引くよ」

「大丈夫」

と、お鈴が応えると、当然、亮吉はお鈴のそばから離れようとしない。

トメの横にいると、あくびがうつりそうだ。千春は少し気分を変えようと立ち上がり、土間におり、お鈴たちと同じく、格子窓から外を窺った。

月灯りに照らされて、犬小屋のマルが良く見える。マルは誰かを待つように尻尾を振り始めた。すると、表から、カランコロンと軽快な下駄の音が聞こえてきた。

マルがさらに激しく尻尾を振り、ク～ン、ク～ンと甘えた声を上げた。

「ただいま～」

下駄の主はお涼だった。いい心持ちに酔っぱらっているようだ。お涼はマルの前にしゃがむと、よしよしと頭を撫でた。

マルは、ワンと嬉しそうに一鳴きした。

「欲しいのかい？　どうしようかなぁ。はいはい、待って。お座り、お座りだよ」

どうやらお涼は料理屋の残り物を持って帰ってきたらしい。「今日のは美味しいよぉ」と、手に持った折包みを広げはじめた。

マルはお利口にお座りし、はぁはぁと舌を出し尻尾も振って、大喜びだ。

「イイ子だねぇ、でも、一切れだけだよ。高いんだからこれは。あとは私のだって」

刺身だろうか。パクっと一口で食べてしまい、もっとくれとせがんでいるマルを制すると、お涼は「また明日」と立ち上がった。

ウォォン、近くで他の犬が吠えている声がした。

「ほら、お迎えだ。あんまり夜遊びするんじゃないよ」

と、お涼がマルに言うと、ウォンと一声応じるように吠え、表へと走り去った。

その時だった。ぐ〜っと、大きな音で亮吉の腹が鳴った。「ヤダ」とお鈴が笑い声を上げ、慌てて口を押さえた。

「誰？」

お涼が千春たちのいる隠居所へ訝しげに目を向けた。

亮吉とお鈴は素早くしゃがんで身を隠したが、千春は目が合ってしまった。

「誰？　誰かいるね！　返事をおしよ」

怖れを知らないお涼らしい。そう言うなり、お涼は隠居所に駆け寄ってきて、戸をがっと開けた。

「ああ、おかえり」

まるで何もなかったかのように、トメがのんびりとした声を上げた。

「おかえり。お疲れさん」

と、千春も苦笑いを浮かべ、お鈴と亮吉もぺこりと頭を下げた。

「な、なんです。千春ちゃん、えっ、お鈴ちゃんに、亮坊まで」

「静かにおしよ。まぁ、お茶でも飲むかい」

トメがお涼に上がるように促した。

「何してんの？」

と、お涼が千春に訊く。

「えっと、これはそのぉ……」

「幽霊捜し」

と、お鈴が横から答えた。

「え？　そんなもん、いるわけないだろうに」

「そう言ってるんだけどね。この子たちは本当に面倒くさいったらないのさ」

と、茶を淹れながら、トメが応じた。

「お疲れさん。さ、これ飲んだら、戻っておやすみ」

「こりゃ、どうも」

と、お涼はトメが勧めた茶碗に手を伸ばした。

「……で、ここで夜中、番でもするつもりなの？」

「うん」

と、千春は頷いた。

「なんか、そういうことになっちゃって」

「まぁ、あんたが見たって言い出したから、仕方ないか」

「そうなの」

「さ、わかったら、もういいだろう。このこと、他の連中には内緒にね。あんたと違って、みんな怖がりだからさ」

トメがそう言って、お涼を帰そうとした。

「はい。わかりました」

お涼は頷いてすんなりと出て行ってしまった。

「えらく素直だね」

と、トメが驚くほどで、千春はお涼がいてくれた方が心強いのにと、少し残念な気がした。

だが、お涼はすぐに戻って来た。しかも、手には酒徳利を提げている。

「あんたね」

トメが睨みつけたが、お涼は意に介さず、どっかりと板の間に腰を下ろした。

「だって、夜は長いんですよ。ちょうどつまみもあるんですから、ゆっくり待ちましょうよ」

と、さきほどの折包みも差し出した。料理屋で残ったものを詰め込んでいるから豪勢だ。刺身に卵焼き、焼き魚、菜っ葉のお浸しまである。

「さ、召し上がれ」

「すげぇ、旨そう！　いいんですか！」

と、喜んで一番に手を出したのは亮吉だ。

「もうぉ、食いしん坊」

と、なじりつつお鈴も楽しそうに手を伸ばした。当然、千春もお涼がいてくれるのは大歓迎だ。トメだけは「やれやれ」と一つ吐息を漏らしたが、そこでささやかな宴が始まってしまったのだった。

ふと寒気を感じて、千春は目を覚ました。いつの間にか、眠ってしまっていたようだ。囲炉裏の火が消えている。隣ではお鈴が小さく寝息を立てていた。寝顔も愛らしい。その横にはお涼が大の字になっていて、さらにその横では亮吉が空になった徳利を抱えていびきをかいていた。トメの姿がない。

「あれ？……」

何やらごそごそと奥の部屋から音がして、千春はぎゅっと身を硬くした。

やはり何か出るんじゃ……どうしよう、亮吉さんを起こそうか。どうしよう。

何かがひたひたとやって来る気配がする。

逃げようにも間に合いそうにない。千春は、ぎゅっと目を閉じ寝たふりをした。

と、そのとき、ふわっと、肩に着物がかかった。千春は恐る恐る薄目を開けた。

トメは着物やかいまきをお鈴とお涼にも掛けていた。奥の部屋から探して出してくれたようだ。

「すみません……」

「あれ、起こしちまったかい？」

「いえ、先に目が醒めてました」

「そうかい。明け方になると冷えるようになったからね」

トメは独り言のように言いながら、亮吉の裾の乱れをそっと直した。

「何どきでしょうか？」

「さぁ、そろそろじゃないかね」

「えっ……」

トメは、幽霊などいないと言ったくせに、まるで今から出ると言わんばかりだ。

千春が怪訝な顔をしたのを見て、トメは小さく吐息を漏らした。

「いいかい。何を見ても声を出すんじゃないよ」

「それって、やっぱり出るってことですか？」

トメは返事の代わりに、ふーっとまた吐息を漏らした。

「ご隠居さんですか？　ここのご隠居さんが出るんですか？」

「えっ？」

と、トメが千春を見た。

「なんでそう思うんだい？」

「だって……亡くなってるんですよね。なのにどうしてここはこのままなんですか？　最初ここに来たときだって、大家さん、ゆめさんが生きてるみたいに私に」

「そういやぁ、ゆめちゃんが倒れてたのはそこだったねぇ」

と、トメは千春が座っているすぐ横に目をやった。

「えぇっ……」

千春が怖そうに身をすくめると、トメは「馬鹿だね」と笑う。

「だって」

「そりゃ、ゆめちゃんは亡くなったさ。けど、ここを造ってくれた人だからねぇ。ここにはずっと住んでる。私はそう思ってるし、清文堂さんもここのみんなもそう思ってる。だからここはずっとこのまま……ここでみんなを見守ってくれてる。おとめ長屋の守り神みたいなもんかねぇ」

のんびりとそう言いながら、トメは囲炉裏の火を熾そうと手を伸ばした。と、その時だった。

「いぃぃぃぃぃ」

悲鳴のような、うめき声のような、不気味な声が聞こえてきた。

はっとなった千春に、「しっ」静かにと、トメが人差し指で口を押さえた。それから、トメは土間に降りると、表が見える格子窓のところで、千春を手招いた。

千春も土間に降り、恐る恐る隙間から外を覗いた。

井戸の周りでゆらゆらと白いものが動いている。よく見るとそれは白い着物の女だった。女はぎりぎりぎりと、激しく歯ぎしりをしたかと思えば、次にブツブツと念仏のように何かを呟く。それを繰り返している。

「女は、容よりも、心の勝れるをよしとすべし。私は守ってきた。守り続けたではないか！　なのに、なぜあんな目に遭わねばならぬ。なぜ、なぜ！」

だんだんと声が大きくなった。

「子が出来ぬがそれほど悪いか！　いけないいか！」

やがて、女は髪を振り乱し、そう叫んで天を仰いだ。

その瞬間、月灯りに女の横顔が浮かび上がった。眉間に深く皺を寄せ、怒りの表情を見せた、その顔は……。

「はっ……あ、あれって」

思わず叫び出しそうになって、千春は慌てて自分の口を押さえた。横でトメが痛ましげな顔で頷いた。幽霊と見間違った女は、加恵であった。

「何が賢婦だ。面倒ばかり押し付けて。陰で笑っていたのだろう」

加恵は恨みの言葉を吐き続けている。

「お為ごかしはいらぬ！　お前の顔など見たくない。何度言ったらわかる！　来るな！　もう私に構うな！」

加恵は蝿でも追い払うように、手を大きく左右に動かし続けた。

「来るな！」

加恵は最後にもう一度、そう叫ぶと、ふっとツキが落ちたように静かになり、家へと戻っていった。

「……さぁ、わかったろう。ここには幽霊なんていないんだよ」

トメが呟いた。

「ご存じだったんですか」

「まぁね。私も最初に見たときはびっくりしたもんさ」

「だったら、お鈴さんたちが見たらどうする気だったんですか？」

「そりゃ何とかして、寝さそうと思ってたさ。いよいよ寝ないとなったら、加恵さんを無理やり起こそうかと思ったりね。若い子は驚くと、何を言い出すかわからないから」

「そうなんですね……」

「ま、あんたなら、ここに納めてくれるだろうけど」

と、トメは胸にそっと手をやった。

信用しているということだろうか。千春は少し嬉しい思いになった。

「あの、一つ訊いていいですか」

「ああ、なんだい」

「加恵さまがこうなったのは、いつ頃のことですか」

「さぁね。いつだったか、あれは。ともかくあの男が来るようになってからのことさ」

「あの男……じゃ、来るなと言っていたのは、あれは……」

「お侍のことだろう、義姉上とか言ってくる」

突然、後ろでお涼の声がして、千春はびっくりして振り返った。いつの間に起きたのか。お涼は腕を上げ、大きく伸びをした。

「なんだい。あんたも起きてたのかい」

トメはやれやれと首を振ってから、心配そうにお鈴と亮吉の様子を窺った。二人ともぐっすり寝込んでいるようだ。

「いつから起きてたの？」

千春が問うと、お涼は「ゆめさんが守り神って辺り」と事もなげに答えた。

「私もそう思ってるからさ。ゆめさんていい人だったし」

「そうなんだ」

「うん」

「いいかい、今夜のことは」

と、トメが口止めをしようとした。

「わかってますよ。誰にも言いやしませんよ。けど、一つ訊いていいですか」

「何だい」

「加恵さんは、あのお侍が来る度、こうなるんです？」

お涼の問いかけを聞きながら、千春は今日も昼前に益之助が来ていたことを思い出した。

「ああ」

と、トメが頷いた。

「やっぱりね。どうも気に入らなかったんだよねぇ」

と、お涼は渋い顔をした。

「なにが？」

千春が問うと、お涼は、

「あのお侍さ、親切めかして、なんか面倒くさいっていうかさ。けど、加恵さんがどう思ってんのか、わからなかったから遠慮してたんだよ」

「遠慮って？」

「惚れ合ってるんだったら、口出しすることじゃないだろ」

何を当然なことを訊くのだというように、お涼が答えた。

「だけど、これではっきりした。今度来たら、加恵さんに会わさないようにしなくちゃ」

「できます？　そんなこと」

「う〜ん、でも、嫌がってるのがわかってるのに、黙って見過ごせないじゃないか。

あんなふうに毒出しするしかないなんて、切ないよ」

お涼はよほど腹が立ったようだ。

「そうですね。なんとかしてあげないと」

と、千春も応じた。

「だろ。二度と顔見せないようにできないもんかね」

「あ〜、はいはい。あんたたち、その意気はいいけど、相手はお侍だからね。くれぐれも用心しておくれよね」

と、トメが釘を刺した。

「用心って？」

「用心は用心さ、とにかくあっちは二本差しなんだからね。無礼討ちなんてことになったって、わたしゃ、知らないからね」

「ヤダ、やめてください、そんな怖ろしい」

「もうぉ、大家さん、脅かしっこなしですよ」

千春とお涼はぎょっとしたが、トメは構わず、「さぁて、もう一寝入りしておこうかね」と、さっさとお鈴の横で布団をかぶったのであった。

しばらくして、一番鶏が啼き、長屋にはシズがお経を読む声とリンを鳴らす音が聞こえてきて、いつも通りの朝が始まった。

朝が早いトメと亮吉はもう起きだしていて、千春とお涼と共にシズに見つからないようにそっと隠居所を出た。お鈴はそのうち起きてくるだろう。

千春とお涼が井戸で仲良く並んで顔を洗っていると、「おはようございます」と声がして、加恵が現れた。

「おはようございます」

お涼が先に挨拶をして、千春は慌てて、顔を上げた。加恵はいつもと同じく、いや、いつもよりもすっきりとした明るい笑顔だ。

「おはようございます……」

千春が言葉に詰まっていると、加恵はいつも通りのやわらかな笑顔で問いかけてきた。とてもあんなに恨み言を叫んでいた人とは思えない。

「ん？　なぁに？　どうかしたの？」

「あ、いえ、そのぉ……」

「加恵さんのすっぴんがあんまりお綺麗だから、びっくりしてるんですよ」

と、横からお涼が口を出した。

「もうぉ、朝から何の冗談。若いあなた方の方がよほど綺麗な肌をしていますよ」

と、加恵が笑った。

「あのぉ、昨夜はよく眠れましたか」

思わず、千春は問いかけてしまった。

「ええ、とっても。今日は目覚めが良くて。千春さんは」

「あ、はい。ちょっと寝不足で」

「そうぉ。心配ごとでもあったの？」

「いえ、そういうことじゃ。加恵さまこそ、心配ごとなんかは」

横からお涼が要らぬことを言うなとばかりに、千春の腕を引っ張った。

「何？」

「何じゃないよ」

お涼は軽く、千春を睨んだ。

「どうかしたかしら？」

「あ、いえ、顎が痛いって仰ってたから、どうかなって」

と、千春はごまかした。

「ありがとう。今日は調子がいいのよ。でも、持病かしらね」

と、加恵はそっと顎に手をやった。

「……何かあったら、必ず仰ってくださいね」

「えっ……ええええ。ありがとう」

千春の言葉に、加恵は少し怪訝な顔を向けた。

「あ〜、加恵さん、加恵さん、どうぞ、こっち空けますから」

お涼はそう言うと、井戸端を譲り、桶で水を汲み上げた。

「どうぞ、これ、使ってください」

「まぁ、まぁ、ご親切に。でも、なんだかこそばゆいわね。あ、わかった。二人とも何か私に頼み事があるんでしょ？　違う？　正直におっしゃい」

「いいえ、そんな……」

千春が言いよどんでいると、お涼が「そ、そうなんです」と答えた。

「なぁに？」

「あ、そのぉ、文を……恋文を加恵さんの綺麗な字でちゃっちゃっと書いてもらおうかなぁなんて。ね、そうだよね」

と、お涼は千春に同意を求めた。

「え、ええ、そうです、そう、恋文です」

「まぁ、そんなこと。若い人はやっぱりいいわね。お安い御用よ」

と、加恵は一旦頷いたが、すぐに「いいえ、やっぱりだめ」と首を振った。

「文は自分で書かないと。そのほうがきっとお相手に気持ちが通じますからね。今度、暇なときにでも、習いにいらっしゃい。お手本ならいつでも書いて差し上げますから。ね、お代の心配はしなくていいから。わかりましたか？」

「は、はい……」

「え、ええ」

そんな成り行きで、千春とお涼は習字に通う羽目に陥ったのであった。

第四話　タダでは起きぬ

一

「ねぇ、これはいくらだい？」

品出しをしていた千春の目の前に、柄杓（ひしゃく）が差し出された。声の主は長屋の古株、髪結いのマキだ。

「おマキさん、うちは十九文屋ですよ」

なぜ、わざわざ値段を問う必要があるのかわからない。千春は呆（あき）れ顔で答えた。

「わかってるよ、そんなこと。けど、ほら、ここのとこ、ヒビがいってるだろ」

と、マキは柄杓の柄を指さした。ヒビというより、小さな傷程度のものだ。それでも欠陥品だからまけろというつもりなのか。だいたい十九文屋というのは、規格外れがあって当たり前だ。だからこそ安い値段で売ることができるのだ。

「だから、十九文なんですって」

千春の答えにマキは納得がいかないという顔をしている。

「じゃあさ、この売れ残りの大根と一緒に引き取るからさ。まとめて三十でどうだい？」

マキはそういうと、表の野菜を勝手にまとめようとする。

「駄目ですって。これは後で漬物にして売るんです」

「ケチだねぇ、あんた。近所のよしみってのを知らないのかい？」

「え〜、それを言います？」

マキの言いように、千春はちょっとムッとなった。というのも、先日、こんなことがあったからだ。

千春はマキから醬油を貸して欲しいと言われた。以前、加恵が塩壺を貸してなかなか返してもらえなかったことを知っていた千春は迷ったのだが、貸さないというのもケチ臭い。それに、マキからは、「代わりに髪を結ってあげるからさ」と言われ、まぁそれならいいかと貸した、というか、湯飲み一杯分分けてあげたのである。

「明日、湯屋に行ったら髪を洗っておいでね。普段の五割増しの美人にしてあげるからさ」

マキは調子のよいことを言った。五割増しなんて無理に決まっているが、結いたての髪なら、いつもより二割増しぐらいにはなるはずだ。

次の日約束通り、マキは千春の髪を結ってくれた。自慢するだけあって、腕は良い。久々にきれいに結い上げてもらい、気持ちよく、「ありがとうございました！」と礼を言って帰ろうとすると、「はい。百文（約二千五百円）」と、マキは当然のような顔でお代を請求してきたのである。

「えっ？」

「えっじゃないよ。百文にまけといてあげるって言ってんだ」

マキはそう言ったが、百文なら別に安くはない。普通によくある値段だ。

「ええぇ〜、だって」

醤油の代わりではなかったのかと、千春は思わず声を上げかけたが、マキは先んじて、

「あのさ、あれっぽちの醤油の代金と髪結い代が、まさか一緒だとは思っちゃいないよね」

言われてみれば、確かに同等ではない。

「それはそうだろうけど……」

ちょいと不満顔になった千春を見て、マキは諭すように言った。

「いいかい。今、私のことをケチだと思っただろう。そうじゃない。ただ、倹約が好きなだけさ。これでもね、私ゃ髪結いで身を立ててる。その腕をただで使おうなんて方が、私にしたらよほどのケチさ。あんたには醬油をもらってそりゃ感謝してる。でもね、それはそれ、これはこれ」

立て板に水のごとくまくし立てられ、千春はなんだか騙された思いをしつつ、百文を払ったのであった。しかも、後でお涼にそのことを愚痴ると、「あんたさ、おマキさんに近所のよしみが通じるはずないじゃないか」と、逆に叱られてしまった。それだから、「近所のよしみ」だなんて言われて、まけられるはずがない。

「勝手にまけたら、私が叱られますから」

と、千春はぴしゃりと断った。

「黙ってたらわからないのに、本当ケチだねぇ」

と、マキはしつこい。そのときだった。奥にいたトメが顔を見せた。

「はいはい、うちで値切ろうだなんて、いい加減にしておくれ」

「あら、大家さん、いたんですか？　いえね、これがちょいと傷んでるよってて注意してただけですよ」

と、マキはしらばっくれた。

「そうかい。そりゃ悪かったね。でさ、おマキさん、この前、立て替えしておいた寄進代、返す気はあるのかねぇ」

「え？　あれ？　やだ。まだ払ってませんでした？　おいくらでしたっけ」

「二百文（約五千円）だよ。そう言ったじゃないか」

「そうでしたっけ」

「信心だろ。ケチったら罰があたるからねぇ」

「わかってますよ。払いますって」

マキはそう言ったが、次の瞬間、「あ、いけない」とわざとらしく声を上げた。

「次のお客が待ってるんだった。ごめんなさい。次のお家賃と一緒に必ず払いますから。そいじゃ。ああ、忙しい、忙しい、困ったもんだ」

それだけ早口で言い置いて、マキは出て行ってしまった。

「なんですか、あれ」

「さぁねぇ、困ったもんだ」

呆れ顔の千春に、トメは苦笑してみせた。その顔は払ってもらうのを半ばあきらめているようにも見える。

「いいんですか？」

「いいも何も、あの人はああいう人だから。ただ酒は大好きだしねぇ」

と、トメは笑った。

「この前なんて、おマキさん、マルの寝床にしてやろうとしたぼろ布、持って行っちゃったんですよ。犬には勿体ないなんて言って」

千春は思わず、告げ口めいた口調になってしまった。

「髪結いってそんなに儲からないものなんですか」

「そうじゃないよ。稼ぎはそこそこあっても、女一人、誰の助けも借りずに生きようと思ったら、色々あるのさ」

「だけど……」

女一人助けを借りずに生きているというなら、おとめ長屋の住民は皆同じだ。

「おマキさんには目黒の方に立派な息子さん夫婦がいるんですよね？　いざとなれば、頼りになるじゃないですか」

「誰から聞いたんだい、そんなこと」

「おマキさんからですよ。息子は親思いで良く働くし、嫁もすごく優しいって。それに三つになる孫は聡いんだって、そりゃ自慢げでした」

「そう……」

トメがふっと吐息を漏らした。

「ええ、けど、お涼さんが言ってましたけど、一度も訪ねてきたことがないって。上手くいってないいんじゃないいんですか？　本当は」

「さあねぇ」

「おマキさん、『頼りにするような野暮な真似はしたくないから、ここにも来るなって言ってる』なんて言ってましたけど、姑があんな調子だったら、私、嫌ですもん」

「はいはい、あんた、今日はえらくおしゃべりだね。ほら、お客さんだよ」

打ち止めというように、トメは手をパンと一つ叩くと、表へ目をやった。

赤ん坊を背負った若い女房が店を窺っている。

「すみません。いらっしゃいまし！」

千春は元気よく声を上げた。

朝はまだ薄曇りぐらいだったが、昼過ぎからさらに雲行きが怪しくなった。今にも雨が降りそうで、どんよりとした雲が重く空を覆い、時折突風まで吹いてくる。

こんな日は客足がぱたっと落ちるものだ。

「雨が強くなったら泊まってくるかもしれない。店の用心、頼むね」

そう言い置いて、妹の家へ向かったトメを見送ってから、千春は表に出ている野菜を店の中へしまった。

隣の清文堂でも丁稚が表に並べていた本を片付け始めていた。

通りの向こうから、見覚えのある侍がやって来た。すたすたと脇目も振らずこっちへと歩いてくる。加恵を煩わせている益之助だ。

「やぁ」

と、益之助は馴れ馴れしく、千春に声をかけてきた。

「大家さんは御在宅かな？」

「いえ」

と、千春は首を振った。

「そうか。まぁよいか」

何がよいのか知らないが、益之助は独り言のようにそう呟いて、長屋の入り口にある木戸へ向かおうとした。

「あのぉ」

「ん？」

何か用事かと益之助は足を止めた。

「加恵さまなら、お留守ですよ」

咄嗟に千春の口から嘘が飛び出た。

「そうか」

「あ、はい……さっきお出かけになったばかりですから」

千春は窺うように益之助を見た。本当は帰れと言って追い返したかったのだが、益之助が腰に差している刀が気になって、それ以上は強く言えないのが悔しいところだ。

「わかった。ありがとう。じゃあ、これを渡しておいてくれ」

と、益之助は懐から竹皮包みを取り出した。

「丹波屋の栗ようかんだ。義姉上の好物でな。私からだと言ってくれ」

「はい。わかりました。お預かりします」

千春は恭しく受け取った。丹波屋の栗ようかんは立派な大粒の栗が使われていることで有名だ。しかも今の季節でないと手に入らない。食べたことはなくてもそれぐらいは知っている。

「では、よろしくな」

念を押すように言ってから、益之助は踵を返した。その姿が角を曲がるのを見て、千春はべーっと舌を出した。

絶対伝えてなんてやるもんか――。竹皮包みは益之助の体温でほんのりと温かい。そんなもの、加恵さまが喜ぶはずがない。とはいえ、栗ようかんに罪はない。

「さぁて、お茶でも淹れようかな」

千春は、トメのところに上等のお茶があったことを思い出しながら、そう独り言ちた。

鬼の居ぬ間に洗濯だ。いや、今日はどうせ乾かないだろうからと洗濯はしていない。こんな日ぐらい昼過ぎをのんびりと過ごしても罰は当たるまい。

トメの台所を借りて湯を沸かしていると、案の定、ざぁーざぁーと音を立てて、雨が降り始めた。ピカッと光るものもある。一瞬遅れて雷鳴も轟いた。

「えっ、ヤダ」

幼い頃から雷はどうも苦手だ。今日はもう早仕舞いしてしまおう。そう思って、千春が店へ戻ったときだった。

「あ〜参った、参った」

そう言いながら、男が走り込んできた。雨避けに頭にかけた手拭を取り、それでぱっぱと肩を払った。すらりと背の高い男だ。

「いらっしゃ……」

千春は、男の横顔が見えた瞬間、言葉を呑んでしまった。男の濡れた鬢から、滴り落ちた水がつっと、形の良い顎に向けて走った。

「すまねぇ、ちょいと雨宿りさせてくれないか」

千春の顔を真正面に捉えた男は奥二重の綺麗な目をしている。

「いいかい？」

男は遠慮がちにはにかんだ笑顔を浮かべた。顔にぴったりの甘い声だ。

「えっ、ええ、どうぞ、ごゆっくり」

千春はそう答え、気づいたら、男に商売物の手拭を渡していた。

「どうぞ、これ、使ってください」

「助かるよ」

そう言って、男はまた微笑んだ。からげた裾から、しなやかな肉のついたふくらはぎがすっと伸び、足首はきゅっとしまっている。

あぁ、なんていい男なんだろう――思わず、ため息をつきそうになり、千春は慌てて咳(せき)ばらいをした。

いけない、いけない。私はもう男なんて要らないんだから……。

そう思いながらも、男の様子から目が離せない。

何をしている人だろう。商売人には見えない。職人？　それとも、まさか役者？

男は千春の視線を感じているのかいないのか、まったく無頓着(むとんちゃく)に店の中を見回し続けている。

「いっぺぇ、あるんだなぁ」

と、男は竹とんぼと泥面子に手を伸ばした。どれも子供の遊び道具だ。

「おっ、こんなもんも」

男が次に手に取ったのは、ひょっとこのお面であった。それはトメが仕入れてきていたもので、なかなか売れずに放っておいたものだ。いびつに離れた丸い目と歪(ゆが)んだ口が滑稽(こっけい)な面だが、千春はあまり好きではなかった。

男はひょっとこ面を眺めていたが、顔を斜めにして口を尖(とが)らせ真似を始めた。

「どうだい？　似てるかい？」

「えっ」

「おかしいなぁ、似てねぇか？」

と、情けなさそうに眉を寄せ、口をさらに尖らせた。

「ヤダ、ハハハ……」

千春は思わず、声を上げて笑ってしまった。

「あ〜、やっと笑った」

男は顔真似をやめて、まじまじと千春を見た。恥ずかしくなって千春は目を伏せた。いつもなら笑顔を褒められる千春なのに、男が入ってきてから、ずっと怖い顔をしていたらしい。

「ほら、笑っててくれよ。お前さん、そのほうがいいよ。ぜってぇ。な」

そう言って、男は覗き込むようににっこりと笑った。口の脇に小さくきゅっと笑窪が現れた。

「う、うん……」

千春は心を持っていかれた――それが、その男、祥次郎との出逢いだった。

静かに墨をする音だけがしている。そこはかとなく良い香りが辺りに漂う。不思議と気持ちが落ち着いてくる。

幽霊騒ぎの後、千春とお涼は仕事が終わった後、加恵に字を習うようになっていた。お涼の夜勤のない日になるので、稽古はたいてい五のつく日。今夜も十日ぶりのお稽古だ。

墨をすりながら、千春は祥次郎のことを考えていた。初めて店に来たのは、前の稽古の翌日だから、まだ十日にならない。けれど、祥次郎とは不思議なほどに仲良くなった。それも彼が毎日のように顔を見せるからだ。何か買うわけでもない。いつもちょっとおしゃべりをして、「じゃあな」と帰っていく。

少しでも長居をしてもらいたくて、千春は彼がやってくると、茶を用意するようになった。

益之助から託された栗ようかんも、加恵には無断で茶菓子にして、二人して食べてしまった。

「うめぇな、これ」

と、嬉しそうに頬張った祥次郎の顔を思い出すと、自然と頬が緩む。

「なぁ、それでこれをくれたお武家ってのは、いい男なのかい？」

「ううん、そんなことない。いけ好かない奴」

千春が首を振ると、祥次郎は「よかったぁ」と大げさに喜んだ。

「なんで？」

「なんでって、ちーちゃんがそいつに気があるのかと思って心配したからさ」

なんてことをさらっと言ってのけたりする。そう、祥次郎は千春のことをちーちゃんと呼ぶ。まるで昔から知ってたみたいに。

「まさか、そんなわけ」

「でもさ、こんな高（たけ）ぇようかんくれるんだろ」

「これは……」

ほかの人への贈り物だとはいえず、千春が口ごもると、

「ほら、やっぱりな。そいつはちーちゃんに気があるんだ」

と、すねたように言う。

「違うって」

「そうかなぁ、ちーちゃんなら、口説いてくる男はいっぺぇいると思うぜ」

「ヤダ、いないわよ」

「嘘だね」

「嘘じゃない。そんな人、いないって」

と答えながら、千春はドキドキしてしまう。もしかして、この人、私に気があるんじゃないだろうか……。

「そいつの他にどんな奴が長屋に住んでるんだい？」

「その人は違うの。長屋に知り人がいるだけ。ああ、うちの長屋って女ばっかりだもん」

「へぇ〜、そうなんだ。けど、そりゃ不用心だろう」

「大丈夫よ、犬だっているし」

「犬？　犬を飼ってるのかい？」

「居ついてるのよ。マルっていう野良がね。みんなで可愛がってるの」

「ふ〜ん」

「みんなね、面白い人ばっかりなの」

「どんな、どんな」

祥次郎に問われるままに、千春はおとめ長屋の話をした。加恵の幽霊話はかろうじて話さないでいたが、お涼が男を連れ込んでは叱られることや、おシズが朝っぱらからお経を読むこと、ケチでしょうがないマキのことは愚痴も相まって、面白おかしく話してしまった。

「おもしれぇ、ちーちゃんの話は本当におもしれぇや」

祥次郎は本当におかしそうに笑ってくれる。その笑顔が見たくて、よけいに話が大げさになる。

「なぁ、そのおマキさんだっけ？　そんなに金がねぇのか？」

「ううん。違う。それどころか、いっぱい貯めてるって専らの評判よ。だって、髪結いの腕だっていいもの。これもね」

と、そっと千春は自分の鬢に手をやった。気づくだろうか、この人は。

「うん、綺麗だ。ちーちゃんによく似合ってるよ」

「えっ、そうぉ」

祥次郎に褒めてもらえるなら、少々高くてもおマキさんにまた結ってもらってもいいか、なんて気もしてしまう。

「ああ。なぁ、じゃあ、なんでだ？」

「え？　何が？」

「そのおマキさんだよ、なんで金をそんなに貯めてるんだろう」

「息子さん夫婦がいるんだって。目黒に。きっと遺してやりたいんじゃない？　それとも孫のためか。そんなとこじゃない？」

「ふ～ん、息子ね。そういう親がいるのは羨ましいな」

祥次郎はすっと千春から視線を外し、ぽつんと寂しげに呟いた。

「祥さん、親御さんは？　お達者なの？」

いつの間にか、千春は祥次郎を親し気に祥さんと呼ぶようになっていた。

「さぁ。ちょっとあってな。家には戻りづらくてよ」

祥次郎は外に目をやったまま、口をちょっと歪めて、自嘲気味に笑った。

「おマキさんの息子ってのは、俺と違ってさぞかし、親孝行なんだろうな。良く来るのかい？」

「ううん、それが全然。だけどすっごく自慢するのよ」

そう言いながら、千春は祥次郎の横顔に見入っていた。軽口を叩いたときの明るい笑顔もいいが、今のように少し世を拗ねたような寂しい笑顔を見せられると、何かしてあげたくてたまらなくなる。

「あのさ、祥さん、仕事は忙しくないの？」

暇だと言ってくれたら、夕飯を食べていかないかと誘うつもりで、千春は問いかけた。

「あ、いけねぇ、ちーちゃんと喋ってると、ついつい長居しちまう。気が合うんだな、俺たち。じゃあ、またな」

祥次郎はにこっと笑って、千春の額をちょんと中指で軽く突いてから帰ってしまったのだった。

「何、思い出し笑いしてるんだい？」

突然、お涼が顔を覗き込んできた。

「えっ？　いえ、別に……」

「別にって、ほら、そこ墨もついちゃってるし」

と、お涼は千春の額を指さした。知らぬ間に、祥次郎にちょんと突かれた同じところに指をやっていたようだ。

慌てて拭うと、墨が広がってしまった。

「あらあら、大変」

加恵は、おっとりと笑いながら、手拭を差し出してくれた。

「ね、何かいいことあったんだろ？　教えなよ」

と、お涼が問う。

「お涼さん」

静かに集中して、と、加恵が注意した。

「だって、気になるじゃないですか。トメさんが言ってたんですよ。なんか様子のいい男が店に来るようになったって。千春ちゃんが上の空で困るってさ」

「えっ？　そんなことは」

「あら、その方に文を書きたいのかしら？　だったらお話伺わなきゃね」

と、加恵も身を乗り出して来た。

「違いますよ、やめてください。祥さんとはまだそんな」

「でも、文を出したいんでしょ」

「それは、そのぉ……」

字を習うのは方便だったとは言えなくて、千春は助けを求めるようにお涼を見た。

だが、お涼は平然と流して、

「まだってことは、相手はともかく、千春ちゃんはそうなりたいってことだよね」

と、念を押して来た。ちょっと意地の悪い言い方だ。

「ねぇ、教えなよ、どんな男なんだい？　何してる人？　歳はいくつ？」

「えっと、それは……」

問われて初めて、年齢も仕事のこともまるで聞いていなかったことに、千春は気づいた。

「だから、まだそんなんじゃないんだって」

「ふ～ん」

と、お涼が疑い深そうな顔をする。

「それならいいけど、ややこしいことになる前に私に紹介しなよね。ちゃんとした男かどうか、見極めてやるからさ」

まるでお涼は母親のような口をきく。

「はいはい、そうなったらね」

「そうなる前にだよ」

お涼は、自分の男運の悪いのを忘れたのかと言いたげだ。

「わかってるから」

と、千春は頷いてみせたのだった。

二

女ばかりのおとめ長屋は朝が一番賑やかだ。起きてきて顔を洗う者、朝餉の支度をする者、洗濯をする者、慌ただしく雪隠に駆け込む者と、井戸端は女たちのおしゃべりと笑い声が絶えない。いっときの喧騒が過ぎると、後は静かなものだ。日中、家にいるのは仕立て稼業をしているシズと、手習い所にいる加恵だけになるからだ。

手習いに通う子供たちの声が時折する程度である。

その日の昼過ぎ、シズはいつものように井戸端で着物の洗い張りをしていた。今日は本当に静かなもので、加恵は清文堂に呼ばれていったし、マルはのんびりと昼寝をしている。

着物は丸のまま洗ってしまうこともあるが、丁寧に手入れをするときには、ちゃんとほどいて一枚の反物の状態につなぎ合わせてから洗う。洗う時には布目にそって刷毛を使わなければ、布が傷む。干すときには皺のよらないように丁寧に伸ばす。ほどくにせよ、洗って干すにせよ、簡単なようでいてとても根気のいる仕事だ。この後にはさらに一針一針、目を揃えて縫うという仕事が待っている。

普段は頼まれもしないのに長屋のまとめ役のようなことをしているシズだが、その実、彼女はこうやって一人静かに仕事をしているのが好きだ。いや、一人だとは思わない。着物は反物にするまででも、糸をつむぎ、染め、織り上げると、様々な人の手を経ている。布に触れているだけで、それらの名もない人たちと会話をしているような心地がするのである。

「さてと……」

一区切りつけて、腰を上げようとしたときであった。急にマルが「うぉっ」と小さく吠えて立ち上がった。そして、木戸の方を向いて低く唸り始めた。するとすぐ、見かけたことのない男が、井戸端に現れた。やせぎすの顔の長い男だ。

「うぉぉぉ！」

突然吠えられて、男はびくっとなったが、すぐに腰をかがめて、「よしよし」とマルに近づいた。かなりの犬好きらしい。マルはそれでも用心深く唸りの姿勢を取り続けている。

「何か用かい」

シズはできるだけ怖い声を出して男を睨んだ。

「あ、あいすみません。驚かせちまったようで」

挨拶の仕方はまるで行商人のようだ。それにしては何も提げていない。

「この辺りに女の髪結いさんがいると訊いたんですが」

「おマキさんかい？」

「はい。さようです」

おマキさんの客か。いや、おマキさんは女しか結わないから、女房にでも頼まれたというのだろうか。ともかく、追い返すと、おマキさんに後から文句を言われそうだ。素早くそう考えを巡らせると、シズは少し頬を緩めて、愛想よく笑った。

「おマキさんなら、留守ですよ。だいたい七つ（午後四時頃）すぎには帰ってきてますけどね」

「そりゃご丁寧に。それじゃ、出直してまいります」

と、男は一礼をして、踵（きびす）を返した。

「あぁ、お名前は……」

「いえ、後でまた来ますんで」

男はそそくさと出て行ったのだった。

「ああ、忙しい」そう口に出してから、マキは「また言っちまった」と呟（つぶや）いた。

ここのところ、「ああ、忙しい」と「どっこいっしょ」が増えた。前にお涼にそう指摘されて、自分でも笑ってしまった。これが歳を取ったということかもしれない。けれど、歳を取っても仕事があるというのはありがたいことだ。

「忙しいと呟けるだけ、果報者だよね」

誰に言うわけでもなく、そう呟いた。独り言が多いのも歳を取った証拠かもしれないが。

マキは三十手前で亭主と死に別れていた。腕の良い大工だったのに、酒に溺（おぼ）れて体を壊したのだ。それから腕一本で息子を育て上げ、今も自分の食い扶持はちゃんと自分で稼いでいるのが、自慢だ。

自分では倹約をしていると言いはっているが、周りの者からケチだと思われているのは重々承知している。しかし、これでも四十過ぎまでは、あれこれ周りに気を遣って遠慮しつつ生きてきたのだ。もしも自分が病に倒れたら、子供を路頭に迷わすことになる。贅沢はせずそれこそ倹約に倹約を重ね、質素な生活を続けた。周りにも気を遣って、嫌われないように生きてきた。髪結いは人気商売な面もある。悪い噂が立ってしまうと、たちまち、商売が立ち行かなくなる――そう信じていたからだ。

しかし、マキは、息子が一人前になって一家を構えたとき、ふと思った。

後は余生だ。もう誰に遠慮することもない。これからは自分の思い通りに生きよう。やりたくない仕事はしない。実入りが多少減っても構わない。自分の腕を気に入ってくれ、自分のありのままを出しても許してくれる人の髪だけ結っていきたい。それでいいじゃないか、と。

そう思うことで気が楽になった。暇になったら暇になったで、好きな神社仏閣巡りをしようと目論んでいたのだが、意外なことに、客は減らなかった。

「やっぱりおマキさんじゃないとね」と言ってくれる贔屓もいる。新しい客を取らなくても、一人で慎ましく暮らしていくには十分だった。

マキは悟った。考えてみれば、自分だって誰かに仕事を頼むとき、多少口や性格が悪くても、きちんと見合う結果を出してくれれば構わない。人が良くても仕事ができない人の方がよほど始末に困る。口だけ調子がいいなんて論外だ。だいたいが人は自分以外の者にそんなに期待をするわけじゃない。歳を取って良かったことは、諦めが早くなったことと、開き直りができるようになったことだ。

いつものように、贔屓にしてくれている置き屋で、芸妓衆の髪を結い、橘町へと戻って来ると、長屋の木戸の前でやせぎすの顔の長い男に声をかけられた。

「あのぉ、あんたがおマキさんですかい？　髪結いの」

男の視線は、マキの持っている長箱（髪盥）に注がれている。

「えっ、ええ。そうですけど、何か」

「はぁ、良かった。会えねぇかと思った」

男は大仰に胸をなでおろした。

「なんです？　何か御用で」

「ああ、息子さんのことでさ。目黒にいる」

「佐吉のことですか」

「ああ、そう、その佐吉さんのことでちょいと話がさ。立ち話もなんだから、家近くだろ」

「え、ええ、そうですけど……」

戸惑うマキの背中を押すようにして、男は長屋の木戸をくぐった。

井戸端に出ていたシズが、マキがさっきの男と帰って来たのを見ていた。男は「さきほどはどうも」とでもいうように、シズにちらりと会釈をした。

シズも会釈を返し、マキに「お帰りなさい」と声をかけたが、マキはどこか気もそぞろに、「あ、ああ」と答えただけだった。

二人はそそくさとマキの家に入っていく。なんだか、気になってシズはそっと家の外から中を窺っていた。

「俺は亀蔵っていうんだが、佐吉さんとは長い付き合いでさ」

男はマキにそう話しだした。

「佐吉がどうかしましたか？」

マキは不安げな声だ。

「佐吉さんていうより、子供がね、ほら、お前さんの孫がね……」

「……がどうしたっていうんです」

マキが何を答えたのか、よく聞き取れず、シズが戸に耳を近づけたときだった。

「こんばんは」

後ろで突然、声をかけられ、シズは飛び上がりそうになった。声の主は千春だ。

「どうかしたんですか」

千春は怪訝な顔をしている。

「しっ……」

静かにと、シズは人差し指で口を押さえた。そして、中が気になっているのだと目と手で合図を送った。

千春は合点したと頷き、一緒に戸口に耳を近づけた。

「だからよぉ、薬代がだいぶかかってるみたいでよぉ」

亀蔵と名乗った男は心配そうな声を出している。

「俺は見てられなくてさ。佐吉はおっかさんには迷惑をかけたくねぇってそればっかり言うけど、なんとかしてやれねぇものかとさぁ、そう思ってよ」

シズと千春は顔を見合わせた。

「おマキさんの息子さんが病気なんですか？」

千春は声を落として、シズに囁いた。シズは首を振った。

「息子じゃない。孫だって」

と、これまた小さな声で答えた。

「お節介かと思ったが、俺はおっかさんに知らせた方がいいんじゃないかと思って来たってわけさ。あのままじゃ、どう見たって親子して共倒れさ。どうかね、少し用立ててやっては」

男はマキの息子の代わりに金の無心に来たということだ。

「どうするんでしょ」

「さぁ。でもいくらケチだって言ってもねぇ……」

千春とシズが囁き合っていると、

「わかりました」

と、マキが答える声がした。

「遠い所、わざわざ足を運んでもらって、恩に着ます」

マキも息子の大事にはえらく殊勝な様子だ。

「親の情はあるんだね、やっぱり」

と、シズが満足そうに囁いた。

「ええ」

千春も頷き、二人して、そっとマキの家の前を離れた。しばらくして、戸が開いた。

「そいじゃ、邪魔したね」

亀蔵は中へ向かってそう言って、戸を閉めた。それから、受け取った金子を納めたらしく、腹をポンと一つ叩く(たた)と、踵(きびす)を返した。

「あ、どうも」

亀蔵はシズと千春が待っているのに気付くと、少し驚いた顔になったが、また軽く一礼をし、足早に通り抜けようとした。

「ねぇ、子供さんはそんなに悪いのかい？」

と、シズが引き止めた。

「えっ？ああ、まぁそうなんで。困ってるようなんで、俺がちょいとお節介を」

「そうかい。それはご苦労なことで」

「もし、見舞いをしたいってことなら、俺が預かって持っていくけど」

「ああ、そうだね」

と、シズが千春を見た。

「病気のときはお互い様だもんね」

千春は「ええ」と頷いた。

「じゃ、ちょっとだけでも」

と、シズが懐から財布を取りだしたときだった。マキが家から出てきた。

「おマキさん、お孫さんのところに行かなくて、大丈夫なんですか？」

と、千春が尋ねた。マキは聞いていたのかと少し戸惑った顔になった。

「ごめんね」

と、シズはマキへ歩み寄った。

「つい気になっちまって、わずかだけどこれ、足しにしてくれたら」

シズはマキへとお金を渡そうとした。だが、マキは慌てて首を振った。

「やめとくれ、やめとくれ」

「でも……」

「いいから、気持ちだけもらっておくから」

マキにしては珍しく強硬に、金を受け取ろうとしない。

亀蔵はその成り行きを見ていたが、

「じゃあ、俺はこれで。おマキさん、また様子わかったら教えに来ますから」

と、軽く会釈をしてから、去っていった。

「ねぇ、遠慮なんていいのに」

と、シズはなおもマキに言い寄った。

「だから、いいんだって」

「でも……」

「何を揉めてるんだい」

と、声がしてトメが家の裏口から顔を出した。

「ああ、大家さん」

と、シズが助かったというような声を出した。

「おマキさんのお孫さんが病だって知らせがあって」

「いやだから、それはいいって」

マキはシズがトメに話すのを止めようとした。

「えっ……どういうことだい」

怪訝そうなトメに千春が応じた。

「さっき、男の人が来て……あの人、息子さんの仲間なんですよね？」

「えっ？」

トメはますます怪訝な顔になった。

「おマキさん、どういうこと」

「ええ、それが……」

隠すのを諦めたのか、マキはトメに頷いた。

「佐吉の知り合いだって男が、薬代に困ってるようだから用立ててやったらって」

「そいで、あんた」

「預けました。薬代」

「なんでそんな！」

トメが珍しく声を荒らげた。

「いくら渡したんだい！」

「……一両（約十万円）です」

「あんた……」

絶句したトメに、マキがかすかに笑みを浮かべた。

「いいんです、これで。いいんですよ」

マキはトメに軽く一礼すると、千春とシズに「ありがとね」と呟き、踵を返した。

トメはまだ何か言いたそうだったが、マキが後ろ姿を見せると、腹立たしげに息を吐き、これまた踵を返して、家に引っ込んだ。

「びっくりした……」

シズが言った。千春も頷いた。

「ええ、驚きました。でも、トメさん、どうしてあんなに」

「一両だよ、一両。マキさんがそんな金ポンと。ああ、びっくりした」

「えっ？　そっちですか」

「それ以外に何があるのさ、百文二百文をケチる、あのおマキさんだよ。ああ、びっくりした」

「確かにそれはそうですけど……」

「やっぱり親なんだねぇ、おマキさんも」

シズはしみじみとそう言ってマキの家の方へと目をやり、千春は千春で、トメが消えた裏口へと目を向けていたのであった。

三

「へぇ～そいつぁすげえや。で、そのおマキさん、それからどうしたんだい」

いつものように顔を見せた祥次郎は、千春から話を聞くと、そう問いかけてきた。

「別にどうも」

「どうもって、見舞いに行ったりはしてねぇのかい？」

「ああ、そうそう。おかしなことに目黒には行かないって。おシズさんが行った方がいいって何度勧めても『私が行ったところでどうなるもんじゃない』って。変だよね」

「まぁな」

ふ～んと祥次郎は考え込む顔になった。

「ま、あれかな。母親ってのはただでさえ面倒くさいもんだから。あんまり世話を焼くのもよくねぇと思ってるんじゃねぇか」

「そっか……」

千春は前に仙吉から「母親面するな」と言われたときのことを思い出して、胸がちくっとなった。

「ん？　どうかしたかい」

祥次郎が千春の目を覗き込んだ。

「ううん……あのさ、祥さんも世話を焼かれるのは嫌い？」

「え？　俺？」

「うん」

真剣な表情の千春を見て、祥次郎がふっと笑顔を浮かべた。

「あのさ、ちーちゃんに言っててんじゃねぇよ。俺はちーちゃんになら、世話を焼かれてぇぐれぇだ」

祥次郎は優しく包み込むように千春を見た。

ああ、この目にずっと見つめられていたい——。

「ね、上等のお茶淹れようっか」

千春はいそいそと腰を上げた。

「ああ、いいよ。今日はもう行かねぇと。な、今度夜にゆっくり会おうぜ」

「う、うん」

「約束だぜ」

祥次郎は指切りするように、小指を立てながらそう言うと、さっと立ち上がり、踵を返した。

走り去っていく姿も恰好いい。

「夜にゆっくり会おうぜ、だって」

千春は、ニマニマと祥次郎の言葉を反芻（はんすう）した。

「約束だぜ……フフフ」

突然、目の前で手が振られた。

「えっ？」

「えっじゃねぇよ、大丈夫かい？」

と、千春の顔を覗き込んだのは亮吉だった。

「あれ、来たの？」

「来たのじゃねぇよ。昼行灯（ひるあんどん）みてぇにぼーっとしてさ。トメばぁに叱られてもしらねぇぞ」

「ごめん、ごめん。そうだね。手伝おうか」

千春は明るく笑うと、立ち上がり、亮吉と一緒に表に出た。

いつものように、亮吉が引いてきた大八車が止まっている。

「ね、今日は何を持ってきてくれたの」

「柿が取れたんだ。うちのは渋じゃねぇんだ。甘いぞ」

と、亮吉が取り出した柿は、自慢するだけあって、拳（こぶし）ほどの大きさのある艶々（つやつや）と照りのある立派な実だ。

「へぇ〜、美味しそう」

「一個持っていきなよ」

と、亮吉は千春に差し出した。

「いいの？」

「ほら、いっぱいあるし」

「隣にも持っていくんでしょ」

大事に押し戴いて、千春はちらっと清文堂に目をやった。

「隣か……」

亮吉も清文堂に目をやったが、気弱そうに目を伏せた。

「こんなもん、お嬢さんには珍しくもねぇし」

「そんなことない。お鈴ちゃんなら、きっと喜ぶわよ」

「そっかなぁ」

「ええ」

「でも……」

もう一度、清文堂に目をやった亮吉は、あっと嬉しそうな顔になった。特徴のある笑い声が聞こえてくる。

「ほら、ちょうど店にいるみたいじゃない。行った、行った」

千春は亮吉の両手に柿を持たせ、背中を押した。

その日の夕刻、千春が店の暖簾(のれん)をしまおうと手を伸ばしたときだった。トメは台所で、亮吉のためのご馳走(ちそう)づくりに腕を振るっていた。お鈴に柿を褒めてもらった亮吉はずっと上機嫌で、店の片付けを手伝ってくれていた。

そこへシズが慌てた様子でやって来た。

「トメさんは？」

「奥です。台所ですけど……」

挨拶(あいさつ)もそこそこにシズは台所へ向かった。

「来ましたよ、来ました！」

「そうかい。じゃあ、わかってるね」

と、トメが何やら深刻そうな声で答えている。

千春は亮吉と何事だろうかと顔を見合わせた。

すぐにトメとシズが出てきた。

「じゃあ、私は」

シズはそう言うと、外へと走り出た。

「頼んだよ」

トメはその姿を見送ってから、亮吉に、

「ちょうどいい。これ持ってついてきな」

と、手近にあった長めのすりこぎを渡した。

「え？　これ？」

「いいから、早く」

何がなんだかわからない様子で連れていかれる亮吉を見て、千春も慌てて店を閉め、後を追った。といって、トメが亮吉と向かったのは裏の長屋、マキの家だった。

トメは亮吉に表で待つように言ってから、「ごめんなさいよ」と一声かけると、マキの家の戸を開けた。

千春が表から覗くと、中には、マキと息子の知り合いの亀蔵がいた。

亀蔵はびくっとして、「な、なんです、お前さんたちは」と問いかけた。

「私はここの大家でね。おマキさんの息子さんの大事だときいて、話を聞こうと思ってね」

と、トメはゆったりとした調子でにっこり微笑んだ。

「ああ、さようで」

亀蔵はまだかたい顔つきだ。

「大家といえば親も同然。おマキさんが困っているようなら、私が手助けしてやらなきゃと思ってねぇ」

トメがそっと帯に挟んだ財布に手をやると、亀蔵は「そりゃそうですね」と微笑んだ。

「いいだろう、ね」

「え、ええ」

トメはマキに同意を得ると、上がり框に腰を下ろした。

「で、どんな具合なんだい。お孫さんの様子は？　薬代がかさんでるのかい？」

「ええ、そうなんで。なんだか可哀想でねぇ」

と、亀蔵はトメにそう答えてから、マキに向き直った。

「あと少し、出してやるわけにはいきませんかね？　どうも借金をしてたようなんですよ。このままじゃ、首を括るしかねぇかもって、そんな弱気を。俺も見てられなくて」

「借金……」

と、トメがマキを見た。千春と亮吉も顔を見合わせた。が、マキは黙ったまま、目を伏せた。戸惑っている様子だ。

「十両借りたっていうんです。利子だけでもえれぇことだ」

亀蔵はマキの顔色を窺った。

マキは黙ったまま顔を上げ、亀蔵をじっと見つめた。

「どうです？　出せそうですかい」

なおも亀蔵はマキに迫った。

「なぁ、おっかさん、出してやったらどうです。大家さんも黙ってねぇで、なんとか言ってやってくださいな」

亀蔵は焦ったようにトメを見た。

「あんた、親は？」

と、トメが尋ねた。

「はぁ」

亀蔵はなんでそんなことを訊くのか？　と、顔をしかめた。

「いますけど、それが」

「じゃあ、おっかさんの前でもおんなじことが言えるかい」

「えっ……」

「言えるかいって訊いてるんだよ」

トメの声が少し怖くなった。

「そりゃあ、うちの親なら、さっさと出してくれると思いますけどね。可愛い息子の、孫の命がかかってるんだ。助けようと思うでしょうよ」

「本当に命がかかってるんならね」

トメは亀蔵を睨(にら)んだ。

「けどね、この人の息子の佐吉さんはね。そんなことは頼まないんだよ。いや、頼みたくてももう言えないんだよ」

マキの目から涙が一筋、頰を流れた。

「ど、どういうことだい」

「墓の下からどうやって頼むんだ。そんなことは無理なんだよ。あんたは欲をかきすぎた。一度で止めておけばいいものを」

「えっ……」

亀蔵は草履も履かずに逃げようとした。が、トメは逃さなかった。

「亮吉！」

するどく命じると、亮吉が戸口で立ちはだかった。

「邪魔だ、退きやがれ！」

亀蔵は構わず突破しようとしたが、亮吉は振り上げたすりこぎで、亀蔵の頭を思いっきり叩いた。

「いてっ！　何しやがる」

亀蔵は凄むと、懐から匕首を取り出した。

「ひぃ！」

脇にいた千春は、思わず腰を抜かしそうになった。

「危ない！　亮吉、逃げな」

トメも必死に叫んだ。

「うぉぉぉ！」と声をあげ、マルが走って来た。

騒ぎに気付いた加恵が戸口から顔を出し、慌てて千春の手を引いて、自分のもとへと引き寄せた。だが、亮吉は逃げようとしない。

「てめぇ、殺されてぇのか」

亀蔵が匕首をちらつかせた。

「うぅぅぅ」とマルが低い姿勢で唸った。

「マル、危ないよ、退いてろ」

と、亮吉はすりこぎを構えた。上背があるから、亀蔵を見下ろす形になる。

「野郎！」

亀蔵が亮吉に向かって、匕首を突き出した。亮吉はさっと身を躱したが、「ぎゃー」と悲鳴を上げたのはマキとトメだ。

「うるせぇ！」

亀蔵はなおも、亮吉に匕首を向けたが、今度はマルがその手に嚙みついた。

ぽろりと匕首が落ちる。

「いってぇ！　なんだ、この糞犬！」

亀蔵がマルに気を取られた瞬間、亮吉がその顎を殴った。

「うげぇっ」

ひどいうめき声をあげて、亀蔵がひっくり返った。

亮吉が馬乗りになって、亀蔵を押さえつけた、その時だった。

「神妙にしろ！」と声がして、十手を振りかざした岡っ引きと同心が走り込んできた。その後ろにはシズもいる。

「大丈夫か」

と、同心が問いかけた。

「旦那、摑まえてください！　この男です」

と、トメが、亮吉の下になっている亀蔵を指さした。

「よし、神妙にしろ」

「畜生！」

岡っ引きに縄をかけられ、亀蔵は悔し気に吠えた。

同心はトメの知り合いらしく、「後でまた自身番に来てくれないか、トメさん」

と声をかけた。

「はい。広瀬さま、ありがとうございました。助かりました」

「いや、トメさんの機転のおかげだよ。お前もよく頑張ったな」

広瀬という同心はそう言って、亮吉の肩をポンと叩いた。そうして、岡っ引きと共に亀蔵を引っ立てて帰っていった。

千春が震えていると、シズが「大丈夫？」と声をかけてくれた。

「はい。でも、マルが」

マルは自分も大丈夫だというように、元気そうに尻尾を振った。

「えらいね、よくやった」

と、シズはマルに笑いかけ、それからまた千春に顔を向けた。

「あんたにも言っておけばよかったね」

「ご存じだったんですね」

「トメさんからね。あの男は詐欺師だからって」

今度来た時には教えるように言われていたと、シズは話した。それで自身番に走って、同心を呼んだのだ。

「マキさんの息子さん夫婦は五年前の火事で亡くなっていたそうだよ」

気の毒だと、シズはマキへと目をやった。

マキは「すみませんでした」と、トメに頭を下げていた。

「いいんだよ、そんなことは。けど、なんであんた、最初から分かってただろうに」

それは千春も不思議だった。なぜ、マキは一両もの大金をあの男に渡したのだろう。

「ああいう詐欺が流行ってるのは知ってましたさ。あちこちで噂を聞きますからね。引っかかるのは馬鹿だと思ってましたよ。けど……」

と、マキが自嘲気味に笑った。

「渡してやっていいかと思ったんですよ」

「どういう了見だい」

「供養になればって」

と、マキが答えた。

「供養？」

トメは怪訝な顔をし、千春や加恵、シズも首を捻り、顔を見合わせた。

「あの男……さっきの。ちょっとだけ佐吉に似てたんですよ」

「えっ……」

「あの子に私、何も贅沢させてやれなくて。ずっと我慢ばっかり。何一つ、欲しいもの買ってやれなくて……」

マキの目にまた涙が溢れた。

「馬鹿だよ、あんた」

と、トメがマキの肩に手をやった。

「似合わないですよねぇ。ケチが金を渡すなんてさ」

そう言いながら、マキは涙をこぼし、千春たちももらい泣きをしたのであった。

話はそこで一件落着とはならなかった。

翌日、マキと一緒に自身番に行ったトメは帰って来るなり、千春を奥へ呼びつけ、こう言った。

「あんた、祥次郎っていう男、知ってるね」

「えっ、ええ」

突然、トメの口から祥次郎の名前が出て、千春はびっくりした。時折、トメの上等のお茶を奢っているのがバレたのだろうか。

「ああ、やっぱりね」

やれやれとトメは吐息を漏らすと、苛立たしげに、煙草盆に煙管の灰をポンと落とした。

「すみません。お茶なら弁償しますから」

「はい？　お茶？　お茶がどうした」

「いえ、そのぉ……違うんですか？」

千春はトメを上目遣いで見た。

「あの男、おマキさんを騙した奴と祥次郎ってのがグルだったんだよ」

「えっ……」

「なんでおマキさんを狙ったんだって、問い詰めたら吐いたんだって。先に祥次郎ってのが、獲物探しをするんだって。金を持ってそうな女がいたら、事情を探って、どうやったら金を出すか、算段するんだってさ」

茫然となった千春を前に、トメは話し続けた。

「私はちらっと見ただけだけど、様子のいい男だったよね。祥次郎ってのは。そうだろう？　千春、聞いてるかい」

「あ、はい。えっ？」

「えっじゃないよ。様子のいい男だったろうと訊いてるんだ。もしやあんた、お金を取られたりしてないかい？　貸してくれとか言われてさ」

「え、私はそんな……」

「本当のことをお言いよ」

「いいえ、お金のことは何も……ただ」

「ただ、何だい？」

「……すみません。何度か店の品を、傘とかですけど、あげたことはあります。もちろん、お代は私がちゃんと払ってあります」

「そうかい。その程度でよかったよ」

トメは叱らなかったが、こう重ねた。

「色仕掛けで、女を骨抜きにして金をせしめたりもしてたようだよ。ああ、まったく、どうしようもない男だ」

「それって、本当のことですか」

「ああ、さっき、広瀬の旦那に聞いてきたところだから間違いないよ」

「すみません、私がしゃべったばっかりにご迷惑を……」

穴があったら入りたい気分だ。千春は小さく肩をすくめた。

「本当だよ。おマキさんにはちゃんと謝るんだよ」

「はい。……あのぉ」

「何？」

「祥さん、あ、いえ、その祥次郎は捕まったんですか？」

「それがまだ逃げてるんだってさ。ま、すぐ捕まるだろうけど、あんた逃がすんじゃないよ」

「わかってます」

と、千春は頷いた。それにしても自分が情けない。

「本当だろうね。心当たりはないのかい？」

「心当たりですか？」

「ああ、どこに住んでるとか、訊いてるだろう」

そう問われて、千春は祥次郎のことはまだ何一つ知らなかったことを悟った。

どこに住んで何をしている人なのか、教えてもらわず、何を舞い上がっていたのだろう。

「あ〜あぁ……」

「もうぉ、情けない声を上げるんじゃないよ。本当に男運がないね、お前さんは」

トメが大げさに、「はぁ」とため息をついてみせ、千春はがっくりと肩を落としたのだった。

「ハハハ、そりゃあんたが悪いわ」

さっきから大声で笑っているのはお涼だ。

「馬鹿だね、まったく。だから、先に会わせろって言ったのに」

「だって、まだ」

「まだ寝てないって？」

お涼に問われて、千春はうんと頷いた。

「イイこともしないで、馬鹿だねぇ、ほんとに」

「馬鹿、馬鹿言わないでよ」

「だって、馬鹿なんだもの」

帰って来たお涼に慰めてもらおうと話をしたのに、馬鹿を連発されて、千春はさらに泣きたい気分になっていた。

「で、おマキさんには？　なんて？」

「ちゃんと謝ったよ。さっき」

と、千春は答えた。

「許してくれたかい」

「ええ……でも」

と、千春は苦笑を浮かべた。

「すみません」と三つ指ついて謝った千春に、マキは「いいんだよ」と微笑んで、あっさり許してくれたのだった。だが、次の瞬間、マキはにやりと笑った。

「『その代わり、わかってるよね』って」

と、千春はマキの声色を真似てみせた。

「ハハハ、似てる似てる」

「でね、お涼さんにも頼みがあるの？」

「え？　私、何、怖いね」

笑っていたお涼は、少し怯えた顔になった。

「大丈夫。お涼さんのお店の料理が食べたいって。仕出しってできます？　それでもやっぱり高い？」

「な～んだ、そんなことか。できるよ。いつがいいんだい。いっそのこと、みんなで食べようよ。板さんとは仲がいいんだ。よさそうなのを見繕ってもらうから」

お涼は楽しそうだ。

「だとすると、お酒もいるよね。何があったかなぁ……」

「なんでもいいよ。うんと高いのじゃなかったら」

「大丈夫。任せときな」

と、お涼が胸をトンと一つ叩いた。

「ありがとう、助かる」

「いいよ、お安い御用だよ。それにしても、さすがだね、おマキさんらしいや。タダでは起きないもんね」

と、お涼は笑った。

「だよね」

と、千春も微笑んだ。

四

菊人形見物に付き合って欲しい——千春が加恵からそう誘われたのは、数日後のことだった。

「でも、お店が」

「トメさんには許しを得ています。近いけれど、ちょっと一人では行きにくいの。いいでしょ。付き合ってちょうだい」

加恵はそう言って、千春を両国広小路に連れ出した。

見世物小屋や芝居小屋などが並ぶ広小路の途中に、特別に菊人形が並べられているという。

「いいから、お供をしておいで」

と、トメも言うので、千春は加恵と並んで歩いた。繁華街にはひったくりやスリも多い。確かにお武家の女性が一人で歩くには少し物騒かもしれない。千春は最初、加恵を守らなくてはと緊張しつつ歩いていたが、久しぶりに歩く雑踏は心を浮き立たせるには十分であった。

吊るしの着物を売っている店があると思えば、雑貨屋もある。飴売りがいると思えば、猿回しもいるという具合で、千春は賑わう通りの様子にすっかり夢中になっていった。

「楽しい？」

「ええ、とっても！」

「ほら、お団子屋があるわ。一緒に食べましょう」

「はい！」

と、即答した千春だったが、団子屋の店先の緋毛氈が敷かれた桟敷に座り、団子を待っている間に、「あ、これはもしかして、加恵さまは私を慰めようとしてくれているのではないか」と思い当たった。

急に黙り込んだ千春を気遣って、加恵が「どうかした？」と優しく尋ねる。

「いいえ……すみません。私」

なんとお礼を言ったらいいのか、わからなくなり、千春は涙ぐんでしまった。

「あら、どうしたの？　お団子、嫌いだった？」

「そんなことないです、そんなこと」

千春は鼻水をすすると、串の団子にかぶりついた。と、そのときだった。

通りの向こうに、見覚えのある男がいた。

祥次郎だ。祥次郎が、女と一緒に歩いている。

「はっ！」

千春は思わず立ち上がり、気づくと、祥次郎に向かって駆けていた。

「待て！」

千春は両手を広げ、祥次郎と女の前に仁王立ちになった。

「えっ」

祥次郎は一瞬、ぎょっとなったが、横にいた女は「キャハ」と吹き出した。歳の頃は千春と同じか、それより上か。箸が転んでもおかしい年頃でもあるまいに、女は「ヤダ」と、団子を持った千春を笑い続ける。団子のたれで汚れた口元を拭こうともせず、駆け寄って来た女が、怒りに満ちた顔をしているのが、よほど可笑しいのだろう。

「うるさい！」

と、千春は女を一瞥してから、祥次郎を睨みつけた。

「よくも、あんた」

「え、何が……」

祥次郎は周りを気にしつつ、すっとぼけた。

「ねぇ、誰、この人」

女が少し怒った声を出す。

「悪いな、ちょいと話をつけるから、先、行っててくれ」

と、祥次郎は女に向かって微笑んだ。きゅっと笑窪(えくぼ)ができる、あの笑みだ。

「え〜、すぐ来てよぉ」

「ああ、すぐ行く」

女は「うん」と愛想よく頷(うなず)くと、この人は私のもんだよ――と言わんばかりに千春を思いっきり睨んだ。

「いるもんか、こんな男」

千春が睨み返すと、女はフフとわざとらしく余裕な笑みを漏らしてから、離れた。

女が少し行ったのを見すましてから、祥次郎は千春を見やった。

「どうしたんだよ、そんな怖い顔」

そう言いながら、すっと指で、団子のたれのついた口元を拭(ぬぐ)おうとするのを、千春は拒んだ。

「あの女はなんでもねぇんだ。うるさく付きまとうから、今日は飯を食べるだけだ。拗ねるなよ」

「全部わかってんだからね。あんたが何をしたか」

「何の話かねぇ……」

祥次郎はすっとぼけた。

「亀蔵って奴とグルなんだろ」

「あいつは何かっていうと、俺の足を引っ張ろうとするんだよ、何もしちゃいねぇよ。俺は」

「嘘だ」

「嘘なもんか。ちーちゃん、そんな顔すんなって。今度ゆっくり過ごそうって約束したじゃねぇか」

祥次郎はお得意の笑顔を振りまいて、千春の顔を覗き込んだ。

「な、だろ」

千春は団子を持っていない方の手で、思いっきりその頰をはたいた。

パシンと派手な音がして、周りの者たちが驚いて立ち止まった。

「何すんでぇ！」

一瞬、拳を振り上げたものの、人の目が気になったのか、祥次郎はその手をそっと下ろした。

「いてぇじゃねぇか。なんで叩いたりするんだよぉ」

今度は泣き落としだ。

「な、仲良くしてくれよ。ちーちゃんが一番俺の事、わかってくれてたじゃねぇか」

「知るもんか。あんたのことなんて」

千春は祥次郎を睨みつけた。

「おととい来やがれ！」

千春は言い放つと、団子を祥次郎に投げつけた。

「おい！」

祥次郎の顔が歪んだ。今度こそ殴られる――覚悟して、千春が目をつぶった。

その刹那、「あそこです！」と加恵の声がした。

目を開けると、加恵が岡っ引きに、祥次郎を指さしていた。

「クソ！」

十手に気づいた祥次郎が慌てて駆けだした。しかし、逃げようにも人ごみが邪魔をする。

「のけ！　邪魔だよ」

人の波をかき分けかき分け、必死に逃げ惑う祥次郎の姿は無様極まりない。

「大丈夫？」

と、加恵が駆け寄ってくれた。

「はい。ありがとうございます」

そう答えながら、千春は岡っ引きが祥次郎をぶん殴って押さえ込むのをじっと見つめていた。


「そうかい、捕まったのかい。その男」

「はい。マキさん、本当にすみませんでした」

「そりゃもういいって」

おとめ長屋に戻った千春は、祥次郎が捕まったことをマキとトメに報告した。

井戸端にはちょうどシズもいた。

「よかったねぇ、本当に」

と、シズはほっとした顔を浮かべている。

「まぁ、これでひと安心できる」

と、トメも喜んでいる。

「ええ、加恵さまのおかげです」

千春は傍らの加恵に頭を下げた。

「たまたまよ。ちょうど見回りをしてくれていたから」

と、加恵は謙遜したが、そうそう冷静に対処できるものではない。

「さすが加恵さんだよ」

と、マキも頷いた。

そこへちょうど、お涼が帰って来た。

「あれ、みんな集まって、また何かあったんです？」

「そうじゃなくて、あのね」

と、千春は、祥次郎が捕まったことを話した。

「そりゃ愉快だ。ね、これから一杯やりましょうよ。私、ひとっ走り戻って、料理貰ってきますから」

「そりゃいいね」

「そうしよう」

と、盛り上がったときだった。

それまで静かだったマルが、表に向かって、「ワン」と吠(ほ)えた。

誰か来たようだ。木戸をくぐってくる姿はお武家だ。

「義姉(あね)上、ご無沙汰(ぶさた)しております」

その声は益之助だ。

加恵の顔がぎゅっとこわばったのを見て、千春は加恵の前に一歩出た。お涼もさっと加恵を隠すように前に出た。

「あんたたち……」

トメは何をする気かと心配そうな声を出した。

「追い返すに決まってます」と千春は言おうとしたが、それより先に、加恵がお涼や千春を抑えて、自ら前に進み出た。

「加恵さま……」

「ね、千春さん、こういう時はこう言うんですよね」

加恵はにっこりと笑うと、益之助の真正面まで歩み寄った。

「やぁ、お元気でしたか」

益之助はにこやかな声を出した。

「ここにはいらっしゃらぬようにお願いしたはずです」

加恵はにこりともせず、静かに告げた。

「いえ、ですから、私は義姉上のことが案じられて」

「ご心配は無用です」

「そうご遠慮なさらずとも。私と義姉上の仲ではありませんか」

ふーっと加恵は大きく深呼吸をした。それから、益之助をじっと睨みつけた。

「おととい来やがれ！」

一瞬、何が起きたのか。言われた益之助はおろか、千春もお涼もいや、その場にいた誰もが呆気に取られた。

一瞬遅れて、「ワン、ワワワン」と、マルが鳴き、千春たちははっと我に返った。

益之助は信じられないという顔で加恵を見ている。

加恵ひとりが冷静で、深々と益之助に向かって一礼した。

「そういうことですので、お引き取りを」

加恵は、にっこりと笑うと踵を返した。

「ワワワ、ワワワン」さぁ帰った帰ったとばかりにマルが吠えたてた。

愕然となったまま、益之助はフラフラと踵を返し、表へと出て行った。

「やった！」

お涼が叫んだ。

「加恵さん、やった！」

お涼は飛び上がらんばかりだ。

「すごい。加恵さま」

千春も叫んだ。シズもマキも頷いている。

「いったい、どこであんな言葉」

と、トメは半ば呆れた顔をしたが、けれど次の瞬間、愉快そうに笑いはじめた。

「さきほどです」

と、加恵が嬉しそうに応じた。

「あ～、気持ちいい。でも、ちょっとお下品でしたか？」

「いいんですよ、いいんです、それで」

と、シズが笑った。

「ああ、あれでいいんだよ。あのお武家、もう二度とこないね」

と、マキが笑う。

「ですよね」

千春は嬉しかった。

加恵が笑っている。トメもお涼もシズもマキも、マルだって大好きだ。

おとめ長屋は温かく、賑(にぎ)やかな笑いで包まれていた。

本書は書き下ろしです。
編集協力／小説工房シェルパ

おとめ長屋

女やもめに花が咲く

鷹井 伶

令和4年 4月25日 初版発行

発行者●堀内大示

発行●株式会社KADOKAWA
〒102-8177 東京都千代田区富士見2-13-3
電話 0570-002-301(ナビダイヤル)

角川文庫 23159

印刷所●株式会社暁印刷
製本所●本間製本株式会社

表紙画●和田三造

●お問い合わせ
https://www.kadokawa.co.jp/ (「お問い合わせ」へお進みください)
※内容によっては、お答えできない場合があります。
※サポートは日本国内のみとさせていただきます。
※Japanese text only

ISBN 978-4-04-112340-9 C0193

◇◇◇

角川文庫発刊に際して

角川源義

第二次世界大戦の敗北は、軍事力の敗北であった以上に、私たちの若い文化力の敗退であった。私たちの文化が戦争に対して如何に無力であり、単なるあだ花に過ぎなかったかを、私たちは身を以て体験し痛感した。西洋近代文化の摂取にとって、明治以後八十年の歳月は決して短かすぎたとは言えない。にもかかわらず、近代文化の伝統を確立し、自由な批判と柔軟な良識に富む文化層として自らを形成することに私たちは失敗して来た。そしてこれは、各層への文化の普及滲透を任務とする出版人の責任でもあった。

一九四五年以来、私たちは再び振出しに戻り、第一歩から踏み出すことを余儀なくされた。これは大きな不幸ではあるが、反面、これまでの混沌・未熟・歪曲の中にあった我が国の文化に秩序と確たる基礎を齎らすためには絶好の機会でもある。角川書店は、このような祖国の文化的危機にあたり、微力をも顧みず再建の礎石たるべき抱負と決意とをもって出発したが、ここに創立以来の念願を果すべく角川文庫を発刊する。これまで刊行されたあらゆる全集叢書文庫類の長所と短所とを検討し、古今東西の不朽の典籍を、良心的編集のもとに、廉価に、そして書架にふさわしい美本として、多くのひとびとに提供しようとする。しかし私たちは徒らに百科全書的な知識のジレッタントを作ることを目的とせず、あくまで祖国の文化に秩序と再建への道を示し、この文庫を角川書店の栄ある事業として、今後永久に継続発展せしめ、学芸と教養との殿堂として大成せんことを期したい。多くの読書子の愛情ある忠言と支持とによって、この希望と抱負とを完遂せしめられんことを願う。

一九四九年五月三日

角川文庫ベストセラー

お江戸やすらぎ飯

鷹井伶

幼き頃に江戸の大火で両親とはぐれ、吉原で育てられた佐保には特殊な力があった。体の不調を当て、症状に効く食材を見出すのだ。やがて佐保は病人を救う料理人を目指す。美味しくて体にいいグルメ時代小説！

お江戸やすらぎ飯
芍薬役者

鷹井伶

人に足りない栄養を見抜く才能を生かし、料理人を目指して勉学を続ける佐保。芍薬の花のような美貌の人気役者・夢之丞を、佐保は料理で救えるか――？ 美味しくて体にいいグルメ時代小説、第2弾！

お江戸やすらぎ飯
初恋

鷹井伶

人に足りない栄養を見抜く才能を活かし料理人を目指す佐保は、医学館で勉学に料理に奮闘する。美味しくて体にいいグルメ時代小説、第3弾！

忘れ扇
髪ゆい猫字屋繁盛記

今井絵美子

日本橋北内神田の照降町の髪結床猫字屋。そこには仕舞た屋の住人や裏店に住む町人たちが日々集う。江戸の長屋に息づく情を、事件やサスペンスも交え情感豊かにうたいあげる書き下ろし時代文庫新シリーズ！

寒紅梅
髪ゆい猫字屋繁盛記

今井絵美子

恋する女に唆されて親分を手にかけ島送りになった黒岩のサブが、江戸に舞い戻ってきた――!? 喜びも哀しみもその身に引き受けて暮らす市井の人々のありようを描く大好評人情時代小説シリーズ、第二弾！

角川文庫ベストセラー

角川文庫ベストセラー

料理番　名残りの雪
包丁人侍事件帖⑦
小早川　涼

幼馴染みの添番、片桐隼人とともに訪れた蕎麦屋で、酒に溺れた旗本の二宮一矢に出会う。二宮が酒をやめる代わりに、惣介が腹回りを一尺減らすという約束をしてしまい、不本意ながら食事制限を始めるが――。

はなの味ごよみ
高田在子

鎌倉で畑の手伝いをして暮らす「はな」。器量よしで働きものの彼女の元に、良太と名乗る男が転がり込んできた。なんでも旅で追い剝ぎにあったらしい。だが良太はある日、忽然と姿を消してしまう――。

はなの味ごよみ
願かけ鍋
高田在子

鎌倉から失踪した夫を捜して江戸へやってきたはなは、一膳飯屋の「喜楽屋」で働くことになった。ある日、乾物屋の卯太郎が、店先に幽霊が出るという噂で困っているという相談を持ちかけてきたが――。

はなの味ごよみ
にぎり雛
高田在子

桃の節句の前日、はなの働く一膳飯屋「喜楽屋」に、降りしきる雨のなかやってきた左吉とおゆう。何か思い詰めたような2人は、「卵ふわふわ」を涙ながらに食べた後、礼を言いながら帰ったはずだったが……。

はなの味ごよみ
夢見酒
高田在子

一膳飯屋「喜楽屋」で働くはなのところに、力士の雷衛門が飛び込んできた。相撲部屋で飼っていた猫の「もも」がいなくなったという。「もも」は皆に愛されており、なんとかしてほしいというのだが……。